NOUVELLE COLLECTION NATIONALE

P. VIGNÉ D'OCTON

95 cent.

l'ouvrage complet illustré

LES PETITES DAMES

F. ROUFF, éditeur, PARIS

LES PETITES DAMES

PREMIERE PARTIE

I

Ricciola est, à cinq quarts d'heures de Grenade, un petit village ceinturé de vignes, couronné d'oliviers et embaumé par la lavande de ses *cerros* (serres) qui attirent en toutes saisons, bergers et chèvres.

Autour de sa vieille église dont la rouge toiture flamboie gaiement au soleil, ses maisonnettes se groupent serrées comme, le soir venu, les brebis autour de leur bergerie.

La clématite et la lambrusque tapissent les murs de chacune d'elles, pour réjouir les yeux du passant; la treille antique des aïeux grimpant follement autour de sa porte, le garde des rais ardents de Messidor et lui sourit en Vendémiaire par toutes ses grappes vermeilles.

De leurs fenêtres bariolées, comme de leur chaume fleuri il s'en exhale, avec la fumée légère de l'âtre, un flot de rires et de chansons qui, d'un bout à l'autre de l'année, montent vers le ciel si pur de l'Andalousie.

Et le Rondinello, un ruisselet caillouteux, dont le flot comme son nom est clair et sonore, baigne les pieds de cet heureux petit village et le berce de son murmure monotone.

A l'époque où se passe cette histoire, tout y était, du reste, à l'union du paysage et l'harmonie était complète. Bêtes et gens s'entendaient fort bien depuis l'alcalade, l'excellent Domenico Ramon, un bon gros homme dont le ventre, malgré de solides bretelles, débordait toujours le haut-de-chausse, et dont la figure épanouie ajoutait encore à la placide gaieté du lieu, jusqu'au curé, M. Mattéo de la Trida y Verdago que, depuis trente ans, toute le monde aimait et tenait en profonde vénération.

Après l'amour de son Dieu et de ses ouailles, il n'en connut jamais d'autres que celui des vieilles pierres, des vieilles monnaies, des vieux bronzes; en un mot, de ce qui touche aux âges éteints dont il étudiait l'histoire avec passion depuis plus de quarante ans.

M. l'abbé Mattéo de la Trido y Verdago était, en effet, en même temps que le plus dévoué des pasteurs, un archéologue éminent qui honorait sa patrie par ses études et par ses talents.

Son nom avait même franchi la péninsule et nul dans le monde savant n'ignorait ses remarquables recherches *Sur les antiquités ibériques* auxquelles il s'était tout particulièrement consacré.

Sa modestie, seule, était égale à son savoir. Maintes fois, Mgr l'archevêque de Grenade avait voulu l'appeler au chef-lieu de son diocèse, lui confier, avec les plus hautes dignités canoniques, un poste important; il avait toujours refusé, préférant rester dans sa petite cure de Ricciola, où il avait beaucoup de temps pour travailler.

Très riche et de noble famille, il avait fait deux parts égales de ses revenus : l'une, pour les pauvres de sa paroisse, l'autre pour sa vie modeste, ses fouilles et l'entretien de ses collections.

Aux nombreuses Académies et Sociétés savantes d'Europe qui, à plusieurs reprises, lui offrirent le titre, tant recherché par d'autres, de membre étranger, il répondit par les mêmes refus qu'aux propositions de son archevêque; et renonçant même à ses états de noblesse, il signait tout simplement :

Abbé Mattéo,
curé de Ricciola.

Pourtant, mû par un pur sentiment de patriotisme, il avait accepté le tire modeste de membre associé de l'Académie archéologique de Grenade.

Très assidu aux séances hebdomadaires, on le voyait arriver tous les lundis, assis, ses courtes jambes ballantes, entre deux énormes corbeilles sur Noirotte, une belle ânesse aux poils noirs, longs et frisés, que les paysans de la campagne connaissaient et lui enviaient.

Il y tenait à cette bête, autant qu'à l'une quelconque de ses ouailles si bien qu'une fois dans la ville, il ne voulait jamais s'en séparer et la confier — ne fût-ce que pour la durée d'une séance — aux mains mercenaires d'un valet, dans la dangereuse promiscuité des affenages publics.

Il l'attachait donc devant la porte de l'Académie, fixait à son encolure une musette pleine d'avoine; lui recommandait la patience, et sur

F. Rouff, editeur. — 1927

une tape amicale la quittait pour joindre les autres savants dont la réunion se tenait au rez-de-chaussée.

Ce n'est pas tout; dix fois par heure et même au cours des plus intéressantes discussions, il se levait, glissait furtivement hors de la salle pour lui jeter un coup d'œil, et souvent il lui regarnissait la musette avec une poignée d'orge ou d'avoine dont il avait toujours dans les immenses poches de sa soutane, une sérieuse provision.

Si les enfants gâtés sont terribles, que dire des bêtes, en général, et des ânesses en particulier, quand on les a par trop choyées ?

Il arrivait maintes fois, surtout quand la séance se prolongeait, que Noirette, malgré toutes les prévenances et les délicates attentions dont elle venait d'être l'objet, perdait patience. Alors, tirant sur sa longe, elle pénétrait dans le tambour qui précédait la salle des réunions, ouvrait la porte d'un coup de tête, et exhibant son fin museau, cherchait son maître des yeux; puis soudain de ses braiements les plus sonores, elle régalait l'Académie.

Les vitres en étaient ébranlées, les chaises, les tables, les pupitres en frémissaient, et pendant le temps qu'éclataient ces Hi! Han! il n'y avait plus moyen de s'entendre.

Tous les savants regardaient l'abbé recroquevillé dans son fauteuil et dont le front se rosait un peu sous sa couronne de cheveux blancs; mais, dans la plupart de ces regards, il n'y avait ni malveillance, ni colère, mais seulement une gaieté très sympathique. Et le sourire qui voltigeait sur les lèvres était un sourire de bienveillance attendrie, car nul n'ignorait l'histoire de la bonne ânesse.

Et puis, n'y aurait-il pas eu ce motif, comment se fâcher contre un si saint homme, contre un savant si éminent dont le nom seul suffisait à honorer l'Académie tout entière ?

Sans doute, dans ces circonstances, une légère irritation venait au cœur de celui que cette fanfare intempestive comme un applaudissement ironique interrompait dans son discours; et les plaisanteries suscitées étaient nombreuses et faciles, mais, encore une fois, comment en vouloir au plus illustre collègue, à celui qui venait de les instruire, de les charmer par sa parole si élégante et si érudite et à qui l'on devait d'avoir tenu une séance vraiment utile ?

Seul, le vieux général Domenico Calmeron y Salmos y Quereno à Braga qui fut deux fois ministre de la guerre, et, disait-il, se reposait de ses hauts faits en étudiant la céramique, ne pouvait supporter ces intrusions retentissantes que très sérieusement il déclarait déshonorantes pour l'assemblée.

Chaque fois sa grosse moustache blanche se hérissait comme un buisson, et effrayante devenait la broussaille de ses sourcils.

Il enveloppait le bon abbé d'un regard pareil à celui dont il foudroyait jadis un subalterne insoumis, et avec un vigoureux coup de poing sur son pupitre :

— Ah! ça, curé, clamait-il, que ne lui cédez-vous votre place!

— Mon Dieu! général, répondait l'illustre savant sur un ton très humble, il n'y aurait rien de changé, je vous l'assure.

— Encore, reprenait le vieux soldat un peu radouci par les regards expressifs de ses collègues, encore si c'était un beau cheval de bataille comme celui, par exemple, que je montais pendant le siège de Saragosse!...

Et, oubliant archéologie et numismatique, il eût, pour la centième fois, raconté ses campagnes si l'ânesse le lui eût permis.

Mais, quand Nigritta avait commencé de braire, elle ne s'arrêtait pas de sitôt; quand elle avait jugé dans sa caboche que la séance avait suffisamment duré et qu'il était temps de partir, rien n'aurait pu la condamner au silence.

Le président avait beau agiter frénétiquement sa sonnette et faire plus de bruit que son collègue des Cortès, vainement aussi l'un après l'autre, les académiciens se levaient, entr'ouvraient la porte, l'invitaient doucement au calme en lui caressant l'encolure et en la bourrant de sucreries, elle braillait de plus belle et ses prunelles intelligentes semblaient leur dire : « Non, messieurs, c'est assez! »

Et le bon abbé ajoutait :

« Excusez-la, chers collègues, c'est pour moi l'heure de regagner ma paroisse. »

Alors la séance se trouvant levée par le fait, il serrait toutes les mains cordialement tendues vers lui, sans en excepter, et surtout celles du vieux guerrier-numismate qui, complètement radouci, passait une revue minutieuse de la bête, consolidait avec soin la barde, lui présentait l'étrier, et, l'aidant fraternellement à monter, lui répétait avec inquiétude :

— Au moins, l'abbé, doucement, bien doucement et prenez garde aux voitures.

II

Tant que M. l'abbé Mattéo avait été jeune et ingambe, il n'eut pour le porter à Grenade d'autre monture qu'une bonne paire de souliers ferrés et un solide bâton de frêne. Bien que petit, replet, et même un tantinet obèse pendant plus de vingt ans il avait allègrement parcouru à l'aller comme au retour les dix kilomètres qui séparent Ricciola de la capitale, sans compter que maintes fois il lui arrivait de trouver, en rentrant, au presbytère quelque pacant d'une ferme éloignée, qui l'attendait pour le conduire auprès d'un malade.

Il n'hésitait jamais en ces cas et repartait prestement du pied droit, quelle que fût l'heure.

Plus longues, plus pénibles encore avaient été ses excursions archéologiques, et jamais, au grand jamais, on ne le vit ni à cheval, ni en voiture. Lui, qui était l'humilité même, se vantait parfois d'avoir parcouru, fouillé, refouillé tous les coins de la Péninsule, sur ses seules jambes, poussé par l'unique amour de la science et sans jamais avoir connu la fatigue.

Mais quand la cinquantaine sonna, il lui fallut en rabattre.

Les jours de séance à l'Académie, il y arrivait tout fourbu et éprouvait beaucoup de peine à suivre les discussions de ses collègues. Le retour était plus pénible encore, et, malgré son très vif désir, il lui était impossible de faire alors la plus petite course pour le service de sa paroisse. Il voyait, non sans chagrin, arriver le jour où lui serait interdite toute promenade scientifique un peu longue.

Enfin un rhumatisme était survenu qui acheva de rouiller ses jointures et d'écourter son haleine. Il soufflait comme la forge de maître Santos, le maréchal de Ricciola, pour aller seulement d'un bout à l'autre du village.

Ce fut alors que, pour remplir aussi scrupuleusement que jadis ses doubles fonctions académiques et sacerdotales, il dut songer à se procurer une monture.

La Providence, aux soins de laquelle il se fiait dans tous les graves événements de son existence, lui vint, sans tarder, en aide.

Un soir donc, qu'anhelant et suant il revenait de Grenade où l'avait retenu un peu tard une longue et passionnante discussion archéologique, il se dirigea pour se reposer et reprendre souffle, vers une grangeotte isolée, à quelques pas de la route et qui appartenait à l'un de ses paroissiens, le vieux Barthéloméo Rodriguez, surnommé le Kiko.

Il était presque sur le seuil, lorsqu'il entendit clamant, menaçant, jurant et sacrant comme un païen, le fameux José Ripas, l'usurier de Gorvinetto, le plus triste sire de la vallée du Rondinello.

Il sursauta et sentit un gros chagrin le gagner, car il tenait beaucoup à la maison de Rodriguez, et il savait, par une longue expérience, que la présence de ce mécréant, comme celle des corbeaux, était un signe certain de désolation et de détresse.

Depuis plus de trente ans, Ripas exploitait les petits paysans de Ricciola, de Gorvinetto, de Vinamilla, et la moitié des revenus du bon curé étaient dépensés à réparer le mal que faisait dans ces pays-là, son usure.

Il s'arrêta donc aussitôt, se dissimula sous la treille pour écouter les menaces que proférait ce redoutable personnage et apprit ainsi que le vieux Bartholoméo devait à José Ripas, capital et intérêts compris, douze cents pesetas. Or, la gargotte avec le coin de terre sur lequel elle était bâtie valait tout juste cette somme.

— Voici plus de deux ans, hurlait l'usurier, que tu ne m'as donné un sou d'intérêt, et je suis à bout de patience. Si tous mes clients étaient comme toi, il y a beau temps que je coucherais sur la paille. A donc, encore une fois, Barthol, je ne m'en vais pas d'ici sans toucher un sérieux acompte.

— Mais, mon brave monsieur Ripas, vous savez bien qu'il n'y a pas pour le moment, la moindre peseta dans la grange : vous savez bien que la dernière fut dépensée, il y a cinq mois, pour la maladie de mon pauvre gendre, et que sans la bonté de notre bon curé M. Mattéo, je n'aurais pu achever de payer ni le médecin, ni les remèdes; pas même lui faire, une fois mort, des funérailles décentes. Vous savez bien que ma vieille femme paralysée des pieds à la tête n'a pas quitté son lit depuis la Noël dernière, que moi-même avec mes septante-deux ans je ne vaux guère davantage; et que, seule, ma fille Carmen est capable d'une besogne sérieuse. Avec cela, mon bon monsieur José Ripas, comment vivre et payer ses dettes ? de grâce, ayez un peu de patience, vous ne perdrez pas un centime, je vous l'assure...

— Bah! bah! sornettes, sornettes, que tout cela, interrompait l'usurier avec une feinte colère, car il avait préparé son coup et savait bien que, même les choses allant au plus mal, sa créance ne courait aucun risque, muni qu'il était d'une solide hypothèque sur la grange.

Et montrant du doigt le hangar voisin sous lequel était attaché Nigritta :

« Quand il s'agit, poursuivait-il, de me donner un sou d'intérêt, vous me prêchez toujours misère, ce qui ne vous a pas empêché, il y a trois mois, d'acheter au muletier Akampo cette belle ânesse et de la lui payer comptant en bonnes espèces bien sonnantes.

— Je ne dis pas le contraire, mon brave monsieur Ripas, sanglotait Bartholoméo, mais ne me la fallait-il pas pour remplacer mon pauvre gendre, et comment donc ferais-je sans elle ? Croyez que si j'avais pu m'en passer... »

— Vous ferez comme vous voudrez, coupa brutalement l'usurier, mais je vous préviens que pour me payer d'une faible part de mes intérêts je vais mette la main sur elle et l'emmener à Gorvinetto.

Ce disant, il fouilla la poche de sa redingote graisseuse, en sortit un papier plus graisseux encore :

— Voici, tout signé, un reçu de soixante-cinq pesetas, que je vais vous laisser en échange.

— Misère de Dieu! s'écria le vieux Rodriguez, mais elle m'en a coûté le double.

— Alors, glapit froidement José Ripas, vous préférez que je fasse vendre votre grange avant la fin de la semaine ?

A ces mots, le pauvre pacant devint blême, et de l'obscure chambrette que séparait une claie d'étable, la voix de sa femme cria, lamentable :

— Attendez au moins que je sois morte, vous en chasserez mon cadavre...

Et connaissant l'implacable âpreté de l'usurier :

— Barthol, gémit-elle, au milieu d'un profond sanglot, donne-lui l'ânesse.

La mine navrée et les larmes aux yeux, le vieillard tendait sa main qui tremblait pour prendre le reçu sordide, et déjà l'usurier se dirigeait vers le hangar pour s'emparer de la bête, lorsque l'abbé Mattéo, exaspéré par cette canaillerie sans égale, entra brusquement dans la grange, et lui, d'ordinaire si doux, et qui ne disait jamais un mot plus haut que l'autre :

— Ripas, cria-t-il sur le ton de la plus violente colère, voilà vos soixante-cinq pesetas, laissez, je vous prie, cette ânesse.

Et des profondeurs de sa soutane élimée il sortit l'argent qu'il étala sur la table.

Puis, reprenant haleine, et regardant bien l'usurier dans la bile de ses prunelles :

— Vous êtes un misérable, lui jeta-t-il, d'oser offrir à ce pauvre homme soixante pesetas d'une bête que vous irez tout à l'heure vendre le triple.

Ripas, un moment troublé par cette intervention imprévue, reprit bientôt son aplomb et, connaissant depuis longtemps le bon curé, résolut de tirer de lui tout ce qu'il lui serait possible :

— Eh bien, monsieur l'abbé, répondit-il, sur un ton calme et même poli, puisque vous estimez que cette ânesse vaut trois fois les soixante-cinq pesetas que j'en offre, achetez-la tout de suite à Barthol, qui, en acompte de mes intérêts, me remettra cette somme.

L'abbé réfléchit un instant. Il vit l'air malheureux de son paroissien, la détresse, la pauvreté qui l'entouraient et qu'il ne soupçonnait pas aussi grandes; il entendit la voix suppliante de la vieille Rodriguez qui lui criait : « Oh! oui, monsieur le curé, achetez Nigritta, ne la laissez pas prendre à ce monstre! » Il songea que compter cent quatre-vingt quinze pesetas à l'usurier, c'était mettre quelques gouttes d'eau dans un gouffre; que, ce faisant, il n'arracherait pas le vieux Bartholoméo de ses griffes, et qu'enfin pour que sa charité fut véritable, il fallait l'en délivrer complètement et tout de suite.

Alors, sans cesser de dévisager José Ripas, et bien qu'il le sût :

— Combien vous doit Rodriguez? lui demanda-t-il d'un ton brusque.

— Douze cents pesetas, fit l'usurier, ému et pâle.

— Pardon! onze cent quatre-vingt-dix, rectifia Bartholoméo qui, devinant les intentions du généreux desservant posait sur lui des yeux où s'allumait déjà l'espérance.

— Erreur! erreur! mon cher Rodriguez, les dix pesetas de différence sont pour les frais que vous m'obligez à faire quand je viens ici vous réclamer des acomptes.

— Va pour douze cents pesetas, coupa l'abbé, pressé d'en finir; et sa décision une fois prise :

— Vous allez, dit-il, en se tournant vers José Ripas, m'accompagner jusqu'au presbytère, et je vous compterai cette somme de laquelle vous donnerez quittance nette à Barthol. Lui-même viendra avec nous pour la prendre. En échange, mon cher Rodriguez, ajouta-t-il, s'adressant à son paroissien, tu me céderas Nigritta. Je me fais vieux et impotent, j'avais juste besoin d'une bête, la Providence, évidemment, a voulu me donner celle-ci, je la prends; et, quoi qu'en dise Ripas elle vaut bien douze cents pesetas.

Alors pleurant de bonheur, et ne pouvant faire sortir de sa gorge que l'émotion étranglait, un seul mot de remerciement, Bartholoméo alla au hangar détacher l'ânesse, aida le bon curé à l'enfourcher et on se dirigea vers le presbytère. Tandis que Nigritta s'ébranlait lentement comme si elle eût eu conscience du saint fardeau qu'elle portait, et que Barthol lui passait les rênes, l'abbé Mattéo sentit sur ses mains tomber, serrées et brûlantes, les larmes du vieux paysan.

III

Donc, une fois José Ripas payé jusqu'au dernier sou, M. l'abbé Mattéo garda l'ânesse Négritta que, d'une façon aussi inattendue lui envoyait la providence; mais il ne voulut pas que le vieux Bartholoméo restât un seul jour sans monture.

— Va de ce pas à Gorvinetto chez le muletier Akampo, lui dit-il en lui glissant dans la main avec le reçu de l'usurier, une centaine de pesetas. »

Et, après avoir soigneusement remisé Negritta dans l'écurie du presbytère, lui avoir garni la crèche d'une copieuse prébende, oubliant que depuis longtemps l'heure de son déjeuner avait sonné et que Fatime, sa vieille bonne se morfondait dans sa cuisine, il se dirigea chez Frederico Polaja le vannier dont la maisonnette mirait ses volets grenats dans le flot bleu du Rondinello.

— Fred, lui demanda-t-il en entrant, as-tu de grandes corbeilles pour ânes?

— J'en ai, Monsieur le curé, dans lesquelles vous pourriez aisément loger tous les raisins de votre treille.

Et il lui en montra de très vastes.

L'abbé les tourna, les retourna, fronça les sourcils et dit :

— Elles ne sont pas assez grandes.

Alors le vannier en sortit d'immenses à couvrir la plus belle mule de Castille.

— Celles-ci, fit-il en les lui montrant, feront, je crois bien, votre affaire; j'ai, ces jours derniers, tressé les pareilles pour Raymonde Sarcas, de Vanamilla et elles peuvent contenir plus de cinq quintaux d'olives.

— Ce n'est pas encore assez, mon ami, répondit l'abbé après un coup d'œil jeté sur ces deux merveilles.

— Sapristi! Monsieur le curé, murmura Polija ahuri, mais je n'en fis jamais de plus grandes!

— Eh bien! les premières que tu feras seront miennes; et il ajouta d'un ton sérieux :

— Je t'aiderai, si tu veux, car tu sais que moi aussi je sais tordre les osiers de notre rivière.

— Comme il vous plaira, monsieur l'abbé; mais, per Santos! que diable voulez-vous donc y mettre?

— Tu es trop curieux, mon ami, à chaque chose son temps, pour le moment il s'agit de prendre mesure.

Ce qu'il fit en écrivant sous sa dictée les dimensions de ces fantastiques corbeilles; mais à peine l'abbé était-il sorti qu'il courait les maisons du village pour faire part à ses voisins de cette insolite et extravagante commande.

Et tout le monde de se demander avec lui : que diable veut-il bien y mettre?

Pendant tout le temps que dura la confection de ces corbeilles déjà fameuses, et sur la destination desquelles M. le curé persistait à rester muet comme un cent de carpes, les langues ne chômèrent pas. Sans doute, on savait bien qu'elles étaient pour l'ânesse dont il venait de faire emplette — on ignorait, par exemple, à quel prix, — mais c'était tout, et c'était peu pour calmer la fièvre de curiosité qui de Ricciola à Gorvinetto tenait maintenant toute la vallée du Rondinello. On en parlait dans les foires, aux marchés, à la sortie de la messe et des vêpres, en sarclant la vigne, en émondant les oliviers et en cueillant les grenades.

— Que diable veut-il bien y mettre ?

On n'entendait que cela sur le seuil des portes et sous les treilles. Enfin il y avait à Picciola une question des corbeilles, comme il y avait à Madrid une question des Philippines.

Cependant chaque jour sans trop se douter du trouble profond qui agitait ses paroissiens, M. l'abé Mattéo, sa messe dite, descendait à la maison du vannier pour collaborer, ainsi qu'il le lui avait promis, à la grande œuvre.

Soigneusement dissimulées derrière les volets de leur fenêtre les femmes, en vraies filles d'Eve le suivaient des yeux, espérant sans doute deviner, rien qu'à sa démarche, un peu du profond mystère. De chaque seuil se détachaient des gamins qui, leur chemisette flottant au vent du matin par la fente de leurs culottes, et les joues bien barbouillées de confiture, le suivaient de rue en rue jusque sur les bords de la rivière.

Si nite parvulos venire ad me, était une des paroles du Christ qu'il aimait le plus à redire. Aussi, loin de se fâcher de leur curiosité turbulente, les tenait-il par la main et les amenait à la maison de Frederico.

Là, sous les pampres de la tonnelle dont les vrilles doucement caressaient sa longue chevelure blanche, il s'asseyait et se remettait à tresser l'une des corbeilles tandis qu'à ses côtés le vannier façonnait l'autre.

Alors, pendant que de ses doigts restés souples malgré la goutte, il ployait les frêles ajoncs du Rondinello pour amuser les enfants, il leur contait des histoires. Par toutes, il leur apprenait à s'aimer les uns les autres, et à ne faire de mal à personne. C'était là, comme pour Jésus fils de Joseph le charpentier toute sa doctrine.

Et la parole de ce bon vieillard, que tous aimaient comme un grand-père leur semblait aussi douce que le raisiné dont ils avaient, les garnement ! nettoyé, d'une langue alerte, toute leur tartine.

Les uns debout, les autres assis leurs petons nus dans l'eau claire du ruisselet les un offrant sans vergogne aucune leur petit derrière à la caresse de la brise, les autres le trempant sans façon, ils écoutaient et regardaient bouche bée, dans le plus profond des silences.

On ne savait ce qui le plus excitait leur curiosité enfantine : ou des belles sornettes dont l'abbé ne tarissait pas ou de la corbeille qui peu à peu se dessinait en ses mains alertes.

Et l'on se dirigea vers le presbytère (p. 4).

De temps en temps, pendant une pose, le plus déluré s'enhardissait jusqu'à sortir des profondeur de son nez un doigt fureteur pour le glisser vers le mystérieux osier et à lui dire :

— Dis, curé, de quoi que tu vas y mettre ?

Mais l'abbé se contentait de sourire, d'envoyer à l'audacieux une légère chiquenaude, et reprenait sa sornette.

Il y avait pourtant une chose qui les intéressait encore. C'étaient, de chaque côté de la vieille soutane râpée du bon curé, deux bosses énormes que faisaient ses poches. S'ils ne savaient pas encore, en effet, ce qu'il mettrait dans des corbeilles aussi vastes, ils n'ignoraient pas de quoi à leur intention, il bourrait toujours ses poches.

Aussi plus d'un, la main encombrée de sa tartine bien léchée, et où plus ne restait la moindre trace de confiture, jetait un regard d'envie vers les friandises dont ils savaient qu'elles était pleines.

De voir tous ces petits yeux pétillants, et de voir aussi l'ourlet de blanche salive qui mouillait leurs lèvres vermeilles, l'abbé ne pouvait plus longtemps résister au désir de satisfaire de si violentes convoitises. Avant même d'avoir fini son histoire, il abandonnait son osier et à pleines mains fourrageait ses fameuses poches.

Il en sortait des friandises sans nombre : croquignoles, nougats, fondants, pastilles de gomme et de menthe exquises tablettes de chocolat, sans compter des berlingots au miel de Castille, tant renommés dans l'Espagne entière; enfin tout ce que peut rêver une gourmandise enfantine, passait des mains du bon abbé sur toutes les petites langues qui pointaient avides.

C'est, qu'en effet, les jours de séance à l'Académie, il ne quittait jamais Grenade sans dévaliser les confiseurs et les confituriers du voisivaliser les confiseurs et les pâtissier du voisinage d'où il sortait, les poches pleines.

Ah! ces poches! ces poches! si elles faisaient le bonheur, si elles étaient le paradis de tous les gamins du village, elles faisaient le désespoir de Fatime, la vieille servante du presbytère. Elles étaient, disons-le tout de suite, entre elle et le bon curé qu'elle servait depuis trente ans, l'unique cause de discorde.

Elle avait beau les lui faire d'une grandeur démesurée, il ne les trouvait jamais ni assez larges, ni assez profondes. En vain, elle les lui doublait avec les draps les plus solides, les plus résistantes étoffes, il n'en avait pas pour quatre jours à les défoncer ou à les découdre.

Enfin tout le temps de la bonne vieille se passait en de savants rapetassages de ce qu'elle appelait, et non sans raison, des besaces. Non sans raison, en effet, car ce qu'y entassait l'abbé, était vraiment inimaginable.

Vieilles pierres, antiques monnaies ou médailles, débris et ferrailles de toutes sortes ramassés au cours de ses promenades archéologiques y heurtaient les grains énormes de son rosaire; les friandises de ses gamins y gisaient pêle-mêle avec des pains entiers pour ses pauvres, et des bouteilles de vin vieux pour les malades; sa tabatière à queue de rat, son mouchoir à carreaux dont un des coins bien noué lui servait de porte-monnaie, dissimulait ses bésicles; son gros bréviaire à tranches dorées y coudoyait maints vieux bouquins consacrés à sa science favorite, et il arrivait bien des fois que son crucifix de laiton y voisinait avec la statuette retrouvée de quelque dieu ou déesse antique.

Bref, le vénérable M. Ramon Saadro, président de l'Académie de Grenade, qui ne détestait pas les plaisanteries inoffensives, prétendait que les deux poches de son illustre confrère étaient à la fois le garde-manger des pauvres de Ricciola et une succursale du musée archéologique.

Mais, je le répète, une qui ne plaisantait pas, et que cette douce manie de son maître ne faisait pas rire, c'était la vieille Fatime dont la vue peu à peu s'en allait à réparer les dégâts que tant de choses entassées faisaient à ces poches extraordinaires.

— Mon bon monsieur le curé, ne cessait-elle de lui répéter, que n'achetez-vous une sacoche?

— Ah ça, vous n'y pensez pas, ma bonne, mais vous savez bien que je passerais mon temps à l'oublier ou à la perdre.

— En attendant, insistait-elle, si ça continue à force de les repriser, je deviendrai bientôt aveugle.

Sans doute, elle exagérait quelque peu, l'excellente femme, mais l'abbé Mattéo était si bon que cette considération finit par le rendre attentif à ses doléances. Et un beau matin, en se levant il s'était fait la judicieuse réflexion suivante :

— Tu perds tes jambes en allant à pied, ma gouvernante perd ses yeux en rapetassant mes poches; afin de pourvoir à ces deux dangers l'achat d'un bon bourricot que je munirai de deux solides et vastes corbeilles, s'impose. »

On a vu comment la Providence lui avait procuré le premier; et, plus heureux que les habitants de Ricciola, vous savez, maintenant, à quoi devaient servir les secondes et pourquoi notre bon curé les avait commandées si grandes. Mais ce que je vous laisse ignorer, comme l'abbé à ses ouailles, c'est la surprise qu'il se réservait de leur faire le premier jour où il se servirait de l'un et des autres.

Que, si vous tenez à le savoir, tournez, je vous prie, la page.

IV

Ce fut vraiment une mémorable matinée que celle où bien assis sur le dos de Négritta, entre les deux vastes corbeilles, dont l'osier tout flambant neuf étincelait à la lumière aurorale, M. l'abbé Mattéo se mit en route pour Grenade où siégeait ce jour-là l'Académie archéologique.

Malgré ses expresses recommandations, car il tenait à n'être vu de personne pour que la surprise qu'il méditait fût complète, la vieille Fatime avait, la veille, livré le secret à quelques dévotes. Aussi, alors que les autres jours il ne voyait presque personne à sa messe, qu'il disait avant même la pointe de l'aube, ne fut-il pas peu étonné, ce matin-là, de trouver son église pleine.

A la sortie tout le village alcade en tête, se trouva réuni sur la Placette, devant la porte du presbytère. Enfin on allait voir M. le curé monter sur l'ânesse Negritta, et surtout on allait savoir ce qu'il mettrait dans les corbeilles. Le mystère qui les avait tant intrigués pendant cette longue semaine allait enfin être éclairci dans quelques secondes.

Les hommes en oubliaient de se rendre aux champs, les femmes avaient laissé leurs portes ouvertes et toute la marmaille chérie de l'abbé piétinait, drapelet au vent, sans réclamer sa confiture. Bien qu'on fût au seuil de l'hiver, le temps s'était mis de la fête et jamais aurore d'Espagne plus douce, plus tendrement lumineuse ne se joua sur la vallée du Rondinello. Les maisonnettes de Ricciola, la vieille église et son clocher étaient caressés de ses plus délicates nuances. Elle tissait aux petites collines des entours un voile divin où se mêlaient, aux bleus les plus doux, des violets subtils et des ors d'une pâleur idéale. L'onde claire du ruisselet semblait rouler en gazouillant toutes les roses de la plaine. Les myrtes et les oliviers frémissaient au souffle naissant de la brise, et des *cerros* soleilleux à peine la senteur des serpolets et des tithymales, que la rosée constellait arrivait odorante et pure comme l'haleine d'une vierge.

La demie de sept heures sonna à l'antique horloge, et la porte du presbytère demeurait close. On commençait à s'impatienter, les femmes surtout, que leur véhémente curiosité rendait aveugles à la magie divine de l'aube et sourdes à l'hymne sacré des oiseaux qui montait de tous les jardins du village.

Mais la porte ne s'ouvrait pas, tout le monde entendait fort bien et devinait par conséquent ce qui se passait derrière elle.

— Doucement! Doucement! Fatime, ne cessait de dire l'abbé, aussi doucement que vous pourrez en mettant cet « Apollon à la torture » dans la corbeille. C'est une figurine de la meilleure époque ibéro-romaine et dont je veux faire cadeau à notre musée archéologique...

— Allons, bon, voilà que vous avez écorné en le sortant de sa vitrine, l'oreille pointue de cet œgipan et le trident de ce Neptune! Mon Dieu! Mon Dieu! Fatime, que vous êtes donc maladroite! Tenez! Prenez garde à ce Marsyas, et n'allez pas lui casser sa flûte. Là! Mettons-le ici dans ce coin de la corbeille. C'est de lui et de l'Apollon que je me propose aujourd'hui d'entretenir mes confrères... Ah! sapristi! Fatime, cette fois-ci c'est trop fort, vous venez de casser avec votre coude pointu le croissant de cette Diane Ephésienne, un de mes plus délicats Tanagra et qui m'a coûté trois cents pesetas...

— Que vous auriez peut-être mieux fait de garder! ne put s'empêcher d'interrompre, à bout de patience, la vieille servante, qui, depuis trente ans, n'avait encore pu se faire à ce qu'elle appelait la manie et les gaspillages de son maître.

— ... Comme si toutes ces vilaines poupées, reprit-elle avec une volubilité querelleuse, tous ces vieux sous dont l'épicier ne veut pas, toutes ces vieilles pierres dont vous remplissez la maison à ne plus savoir où mettre les meubles, valaient seulement un centime! Là, vrai, monsieur le curé, je ne me fatiguerai jamais de vous le dire : avec toutes ces têtes à massacre, toutes ces pucinelli de quatre sous à qui vous donnez des noms impossibles, vous me faites l'effet, vous et ces messieurs de Grenade, chez qui vous allez chaque semaine, de vieux radoteurs et de toqués qui s'amusent à la poupée comme des enfants encore à la robe.

— Vous avez peut-être raison, Fatime, se contenta de répondre l'abbé à qui cette coutumière sortie arracha un léger sourire, mais de grâce, calmez-vous, ça ne fait de tort à personne.

— Pardon! Pardon! Monsieur le curé, à votre bourse, et à vos meubles.

Mais, ayant ajouté cela, elle se rasséréna bien vite, d'autant plus vite que depuis environ une semaine, depuis que Frederico Folaja, le vannier, avait commencé les corbeilles, elle ne se tenait plus de joie à la pensée qu'elle n'aurait plus à rapetasser les vastes poches de son maître.

— Enfin, reprit l'abbé au bout d'un moment, voilà qui est fait, Fatime, récapitulons un peu toutes les pièces que nous avons mises dans cette corbeille de droite, afin de les porter comme sorties sur mon catalogue.

Et il prononça en écrivant :

— Un Apollon à la tortue (Hero-Romain).

« Un Ægipare (venu d'Etrurie).

« Un Marsyas (Chypriote).

« Une Diane (de Tanagra).

Et maintenant, mettons dans la corbeille de gauche de quoi rétablir l'équilibre. Voyons! Une bouteille de mon vieux Malaga pour le petit de la veuve Antonia Verguer qui fait une mauvaise typhoïde à la ferme de Landuro, sur ma route. A ce que m'a dit le médecin, la convalescence du pauvre enfant sera bien pénible et bien longue... Un pain, le plus gros que vous aurez, Fatime, de sept à huit livres pour les Escarguel, de la grange d'Aldino, pas loin non plus de mon chemin. Ils sont là une demi-douzaine de marmots de tous âges qui ont les dents longues et le père vient d'être malade... Bon! maintenant quelques tablettes de notre meilleur chocolat pour la vieille Conchita Bardôz dont le dénuement est extrême...

Pendant que l'abbé continuait à donner ainsi des ordres et que Fatime les exécutait avec toute la diligence que lui permettait son grand âge, dehors, sur la Placette de l'Église, les paroissiens de Ricciola donnaient des signes d'impatience.

Enfin, la porte de la cour presbytérale s'ouvrit, et l'on vit M. le curé apparaître tenant par la bride son ânesse dont le dos disparaissait sous les corbeilles immenses. Dans celle qui, selon le vénérable président de l'Académie andalouse représentait le musée archéologique, il n'y avait pas grand-chose, ainsi qu'on l'a vu; elle semblait même à peu près vide; quant à l'autre, celle du garde-manger des pauvres, malgré l'extraordinaire charité de l'abbé, elle était loin d'être pleine.

Aussi y eut-il une légère déception dans la foule.

Tous les gamins, n'y tenant plus, se hissaient sur la pointe de leurs pétons pour les explorer des yeux, et, s'accrochant à leurs rebords, faillirent les chavirer l'une et l'autre. Les femmes se regardaient désappointées, et les hommes hochaient la tête avec malice. Evidemment de voir seulement dans les fameuses corbeilles ce que d'ordinaire M. le curé faisait entrer dans ses poches, on ne s'expliquait pas pourquoi il les avait commandées si grandes.

Déjà, de-ci, de-là, partaient à l'adresse du bon curé les plaisanteries bienveillantes.

— Eh! Monsieur le curé, criait un gamin aux yeux hardis, prenez-moi donc, il y a de la place.

Et le digne homme avait toutes les peines du monde à l'empêcher de se glisser dans la corbeille.

Le vannier Frederico Folaja, arrivé l'un des premiers sur la place, se frottait les mains, triomphant :

— Je vous l'avais bien dit, monsieur l'abbé,

répétait-il, avec un malin sourire, qu'elles seraient un peu grandes.

Et de voir ses paroissiens, heureux au fond de lui savoir une monture pour se mettre en route, de se sentir par eux aimé, comme il les aimait lui-même, M. Matteo exultait, et un sourire de bonheur illuminait la bonne face de saint prêtre.

Tout entier à la surprise qu'il leur ménageait et qu'il désirait complète, il ne répondait aux amicales plaisanteries que par des sourires.

Enfin, il fit mine de se hisser sur l'ânesse, mais, à cause de ses jambes trop courtes, et de son embonpoint, cela n'était pas facile. Alors des bras vigoureux , avec des précautions infinies, le saisirent et, en clin d'œil, sans qu'il eût fait un mouvement, il se trouva commodément assis sur la bête. Des hurrahs et des bravos éclatèrent. Les femmes qui allaitaient des petits, les hissaient au bout de leurs bras pour leur montrer le bon curé; la marmaille plus grande trépignait, et de joie faisait pipi dans les culottes. De partout pleuvaient serrés les compliments sur sa bonne mine et sa prestance; enfin, M. Alcindor Venosto, le maître d'école, commençait à lui trouver meilleure allure qu'à l'immortel Sancho-Pança, quand, pour échapper à l'ovation, l'abbé poussa son ânesse.

Alors Negritta, oreilles dressées et tête haute, fière à son tour des compliments dont elle avait sa part copieuse, se mit en marche lentement, et d'un pas plus majestueux que si elle eût porté le Saint-Sacrement, gagna la route nationale. — Et : Vive M. le curé Mattéo! vive notre bon pasteur Mattéo!!... clamèrent en chœur les paroissiens de Ricciola quand, au tournant du pont sur le Rondinello, ils disparurent.

— Que feront-ils donc à mon retour, se disait l'abbé attendri, quand il connaîtront ma surprise?

Autour de lui, l'aurore jetait son voile divin sur les collines; les myrtes et les oliviers frémissaient au souffle naissant de la brise, et, sous son baiser virginal, le flot limpide du ruisselet semblait rouler toutes les roses de la plaine.

V

C'était l'hiver amère et clément, l'hiver radieux de Grenade. Partout sur le chemin de l'abbé les fleurettes des labiées embaumaient les pas d el'ânesse, et dans les buissons des cerros voisins, les merles aux ocelles rouges, picorant et vocalisant jetaient de la gaieté à pleine gorge.

Tant et tant tous deux se complurent à humer la senteur des unes et à écouter le chant des autres, tant et tant aussi ils s'attardèrent chez les malades et les pauvres que la dixième heure sonnait quand ils entrèrent dans la ville.

— Sainte mère de Dieu! murmura M. Mattéo, en jatant les yeux sur sa montre, voilà un bon bout de temps que la séance est commencée; que penseront de ce retard mes chers confrères! Bien certainement ils croient qu'un malheur m'est arrivé sur la route.

Et, chagriné par cette pensée de leur inquiétude, il força un peu la Négritta. La bonne ânesse comprit, et quelques minutes après ils étaient devant l'Académie archéologique.

Il n'échappa pas à l'abbé que toutes les figures rembrunies et attristées, s'éclairèrent et rayonnèrent dès son entrée, qui fut saluée par un murmure sympathique.

Et cela acheva de dilater son cœur et son âme.

En quelques mots, le vénérable président M. Ramon Saadro le mit au courant de la discussion commencée et qui n'était pas celle inscrite à l'ordre du jour, dans la précédente séance.

En effet, on avait alors décidé que la présente serait entièrement consacrée à une communication de M. l'abbé Mattéo sur l'art Ibéro-Romain à propos d'une figurine de Marsyas trouvée par lui en Andalousie dans les fouilles de ce qui fut jadis un temple d'Apollon-Cytharède.

Mais l'abbé n'étant pas là, force avait donc été, après une longue attente, de prendre à la suite.

Cette suite portait lecture d'un mémoire très important du général marquis Domencio Calmeron y Salmos y Quereno y Braga sur la question capitale de savoir si en dehors et avant l'époque Ibéro-Romaine, la vieille Hispanie avait oui ou non, dans les âges lointains possédé un art propre, original, bien à elle.

Ce n'était donc pas seulement une question d'un immense intérêt archéologique, mais aussi une question d'amour-propre national et presque de patriotisme.

Aussi debout, bien campé sur ses jambes encore solides, quoique goutteuses, son papier dans la main droite, et de l'autre caressant le pommeau d'une flamberge imaginaire, le vieux général numismate, lisait-il son travail d'une voix tonnante.

Comme s'il eût dicté des instructions à ses officiers subalternes ou imposé ses conditions à un ennemis, en déroute, il sommait tour à tour l'épigraphie, la numismatique et l'histoire de justifier l'hypothèse favorable à l'antique Espagne et qui était la conclusion de son œuvre.

Pour n'être pas d'une précision absolue et d'une authenticité rigoureuse, ses arguments n'en empruntaient pas moins à son ton fougueux et à son allure martiale une force propre à convaincre ses collègues, lesquels d'ailleurs, en bons hidalgos, ne demandaient qu'à les trouver péremptoires.

Mais hélas! maintenant que le mémoire du général touchait à sa fin, tous avec une pointe d'inquiétude, regardaient du côté de M. l'abbé Mattéo. C'est que, nul ne l'ignorait, cette question de l'Art Ibérique, était celle qui le plus avait passionné l'illustre savant et à laquelle il avait consacré une bonne partie de son existence et quelque peu de sa fortune. Nul d'entre eux n'ignorait non plus que, jusqu'à présent, ses conclusions n'étaient pas du tout favorables à l'hypothèse patriotique. Connaissant aussi l'emportement du général dont cette question était devenue le dada, et l'intransigeance scientifique du prêtre, ils appréhendaient quelque peu leur rencontre.

L'abbé que les arguments de son bouillant et tempêtueux confrère avaient d'abord ahuri, lut parfaitement dans leurs yeux, et comme à eux, l'idée lui vint qu'en réfutant le mémoire du général il lui ferait beaucoup de peine.

Il hésita donc quelques instants, mais puis, ayant réfléchi à ce qu'aurait de coupable son silence condescendant, et aussi combien il serait humiliant pour l'Académie d'adopter dans l'état actuel de la science, et d'inscrire sur ses registres des conclusions aussi peu sérieuses, il fit appel à tout on courage et demanda la parole.

Il se leva. Le général mit ses sourcils en broussaille, et un grand silence, rempli d'émotion enveloppa l'auditoire.

Le discours de M. l'abbé Mattéo fut une merveille de science, d'habileté et de finesse.

Il dit combien depuis très longtemps cette question faisait le bonheur et le désespoir de son existence. En mots plus doux que le miel des blondes abeilles de Castille, il raconta longuement comment de ses recherches minutieuses, de ses études approfondies sur les antiquités espagnoles il avait été obligé de conclure la mort dans l'âme, que les documents actuels n'autorisaient pas à croire à l'existence d'un Art Ibérique indigène et original; que, jusqu'à présent, la place de la vieille Ibérie dans l'histoire de l'Art antique était nulle, et que Rome seule paraissait lui avoir avec la défaite, apporté la notion du Beau.

A ces mots le général sursauta et ses yeux flambèrent comme à l'approche d'une bataille.

L'abbé fit sa voix plus mielleuse encore.

Il dit combien ses conclusions avaient été plus dures peut-être pour lui que pour tout autre; car pour être un prêtre, il n'en était pas moins espagnol, et, admettre que, jusqu'à la conquête romaine, ses ancêtres n'avaient été que des barbares, affligeait, au dernier degré son âme de fier hidalgo...

— Très bien! interrompit le général et les poils blancs de sa moustache et de ses sourcils parurent s'assouplir quelque peu.

Heureux de l'effet produit, M. l'abbé Mattéo poursuivit :

— Telle est pourtant, mes chers confrères, l'opinion professée par le monde savant et que corroborent, hélas! les travaux auxquels depuis bientôt un quart de siècle je n'ai cessé de me livrer...

Un formidable juron du général souligna cet aveu malencontreux, et il y eut un léger émoi au sein de la vénérable Académie. Sans se laisser démonter M. Mattéo continua :

« En vain pendant plus de vingt ans, j'ai fouillé notre péninsule partout où des ruines importantes étaient signalées, en vain j'ai compulsé tous les documents, et consacré à mes recherches une bonne partie de ma fortune et de mon temps, je n'ai pu mettre la main, jusqu'à présent, que sur des grossiers fétiches et des statuettes informes comme on en trouve chez tous les sauvages africains.

— Sauvage et Africain vous-même! hurla l'archéologue-guerrier.

Un sourire quelque peu effaré voltigea sur les lèvres de tous les confrères, le président tendit la main vers la sonnette prêt à toute éventualité, mais l'abbé ne sourcilla pas, et sur un ton de voix plus aimable encore :

— Pourtant, conclut-il, en se tournant vers le général, je n'ai pas perdu tout espoir, après une interruption de quelques années je me propose de diriger mes recherches et mes travaux, car plus que tous ici, je crois que ce n'est pas là le dernier mot de la science. Non! Il n'est pas possible d'admettre, par exemple, que notre belle Grenade l'antique Karnattah des Phéniciens n'ait pas eu sa page d'histoire artistique avant l'invasion Romaine.

Et sa voix devenant plus chaude, son geste plus entraînant :

— Qui donc, en effet, s'écria-t-il, si ce n'est le vaillant peuple des Ibères, en face de la Ville punique qui se dressait où sont aujourd'hui nos *Tours vermeilles* fit surgir la *Ville Neuve*, cette *Illiberi* que les textes venus jusqu'à nous représentent comme une somptueuse et fière cité? Illiberi était encore, les textes le prouvent, vierge de leur joug. Encore une fois, la ville qui devait se couvrir plus tard de cette flore d'architectures divines qui va du Généralife à l'Alhambra, le pays destiné aux splendeurs des Almoravides n'a pas manqué de posséder à cette période lointaine et proche de ses origine un Art, des artistes qui ne durent subir d'autre influence que celle de la Sainte-Hellade, importée par les Phéniciens. Je reste donc, malgré tout, convaincu qu'il y a eu Art ibérique et qu'un jour viendra où nous en retrouverons d'irrécusables témoignages.

— Bravo! bravo! l'abbé, cria le guerrier en ébranlant d'un poing joyeux son pupitre. Oui! oui! bravo; ce sera vous qui les trouverez, j'en suis certain; et de tout mon cœur je le souhaite.

Et oubliant son dernier juron, il courut vers le bon curé, lui prit affectueusement les deux mains, et, aux applaudissements de l'Académie ils s'embrassèrent.

VI

Quelques instants après, la bride de son ânesse à la main, M. l'abbé Mattéo déambulait à pas lents dans les rues de Grenade et d'Albaïcin. Sa vieille soutane élimée, au teint jauni par l'usure, son tricorne antique et pisseux, que, préoccupé encore par la discussion archéologique il portait en coup de vent sur l'oreille droite, l'allure empêtrée de Negritta qui, pour la première fois visitait la ville, tout cet équipage à la Sancho provoquait sur les lèvres des plus graves passants un léger sourire. Devant les immenses corbeilles ballantes, des gamins s'esclaffaient, poussaient l'audace jusqu'à prendre la queue de la bête et à se faire remorquer par elle. Dans les passages étroits des ruelles, à ce point devenaient encombrantes ces corbeilles que la circulation en était gênée. Piétons, cavaliers, voitures s'arrêtaient, et, c'était devant et derrière le bon curé un concert de rires, d'exclamations et de murmures pas très méchants, car, depuis longtemps sa bonté était connue dans la ville.

Repris, dominé par le passionnant problème de l'Art Ibérique, il avait complètement oublié à cette heure, et ses paroissiens de Ricciola et la surprise que depuis un mois il se proposait de leur faire.

Un heurt violent de Negrita contre une borne et le contre-coup qu'il reçut des corbeilles sur sa poitrine le tirèrent un peu brusquement de sa rêverie profonde. Il leva la tête pour s'orienter et vit devant lui, bien en face, l'enseigne d'une boutique somptueuse et où flamboyait en lettres d'or :

Au Paradis des Enfants

« — Encore une fois, murmura-t-il en arrêtant sa monture, la Providence qui me sait distrait a guidé ma route, et m'a conduit là même où je voulais me rendre. Que le Bon Dieu soit béni ! »

Et devant les vitrines resplendissantes où s'entassaient tous les jouets que peut rêver une cervelle enfantine, les graves préoccupations qui hantaient la sienne s'envolèrent.

Sous la couronne de cheveux blancs, son large front se rasséréna, et la joie, une joie véhémente de gamin en fête, brilla dans ses yeux : Pourtant ce fut d'un pas plutôt timide qu'après avoir attaché l'ânesse à la porte, il entra dans le magasin.

Ah ! vraiment ! Il justifiait bien son enseigne ce magnifique bazar. Oui ! C'était bien le *Paradis des Enfants*, et il regretta de ne pas avoir près de lui, pour l'y introduire, la marmaille de Ricciola.

Partout, autour de lui sur des étagères sans nombre riaient grimaçaient, baillaient, se tordaient des régiments de polichinelles aux bosses sonores, de fins Pierrots enfarinés, d'Arlequins masqués, et de sémillantes Colombines. De tous côtés des théories interminables de poupées petites et grandes, brunes et blondes, en chemisette ou en robe posaient tendrement sur lui leurs yeux de verre, le caressaient de leur sourire carminé, tendaient vers lui leurs bras potelés et semblaient lui dire : « Monsieur l'abbé, achetez-nous; nous égayerons les fillettes de votre paroisse; achetez-nous Monsieur l'abbé ! » Assis sur leur miniature de derrière, des petits lapins blancs le saluaient en tambourinant et c'était à qui des petits diables barbus sortant de sa boîte lui ferait sa plus inviteuse révérence. L'abbé ne savait plus auquel entendre. Il achetait, il achetait sans se lasser, séduit comme un enfant par ces sourires et ces regards de porcelaine.

Polichinelles et Pierrots, Arlequins et Colombines, lapins blancs et diablotins s'amoncelaient dans les corbeilles où les apportait le garçon de vente.

— Y a-t-il encore de la place, mon ami, lui demandait-il de temps à autre.

— Encore beaucoup, Monsieur le curé répondait le taquin imperturbable.

Et l'abbé d'acheter toujours, certain qu'on lui ferait crédit s'il n'avait pas assez d'argent dans sa poche, et, à chaque nouveau jouet qu'il envoyait à la corbeille, il évoquait la joie qu'en auraient les bambins de sa paroisse.

En mercanti qui sait son métier, le garçon faisait l'article d'une façon magistrale.

— Tenez, Monsieur le curé, voyez donc ce joli bébé avec ses boucles blondes; il dit : Papa et maman quand on lui presse le ventre.

Et l'abbé enthousiasmé, ravi, prenait le bébé, lui faisait dire papa et maman, se pâmait d'aise et l'envoyait rejoindre les autres dans les corbeilles.

Mettait-il la main à la poche pour sortir son porte-monnaie et régler, le garçon lui présentait un petit chat en caoutchouc qui miaulait comme un vrai chat de gouttière, un mouton qui bêlait, un bœuf qui mugissait, un âne dont le braiement imitait celui de Negritta. Et toute cette ménagerie allait se joindre aux petits lapins blancs qui tambourinaient puis faisaient un gentil salut militaire.

— Il reste de la place, Monsieur le curé, répétait avec un sourire inviteur le garçon de vente.

Et l'abbé, médusé, d'acheter encore.

Pas n'était besoin de le pousser.

Il avait encore sur le cœur le reproche que lui avait fait ce matin même sa vieille servante au sujet des trois cents pesetas dépensés pour son dernier Tanagra.

Bien que de ses revenus il fît à ses pauvres la part la plus grande, chaque fois qu'il consacrait à sa passion archéologique des sommes sérieuses, il en éprouvait un remords comme d'un vol commis à leur préjudice.

A ce moment pour se faire pardonner l'argent de sa Diane Ephésienne, il eût volontiers, s'il l'eût pu, acheté la boutique entière.

Enfin le garçon se décida à déclarer que les corbeilles étaient pleines.

M. le curé paya, sortit, détacha Négritta, et se mit en route, la bourse vide.

C'est à peine s'il lui resta quelques sous pour s'acheter un petit pain et une tranche de saucisson qu'en guise de déjeuner, il mangea tout en cheminant.

Midi avait déjà sonné aux horloges d'Albaïcin. La journée se poursuivait, radieuse. Des deux côtés de la route, les riches villas grenadines riaient au doux soleil de décembre. Sur leurs faîtes, près des colombiers aux couleurs vives, des palombes lissaient leurs plumes, jouaient, roucoulaient, se bécotaient dorées et roses comme des palombes de rêve.

Plus loin, dans des bouquets de chêne-vert, granges et fermes où les gens prenaient leur repas semblaient savourer la tiède paresse de l'heure. Puis ce fut la garrigue où sous chaque myrte vocalisait un merle ou un tourdre, tandis que dans le creux du sillon voisin l'alouette leur grisollait sa réponse. De temps à autre un lézard vert se risquait hors de son trou de muraillette, et traversait le chemin sous les pas mêmes de Négritta qui s'avançait solennelle et fière de porter d'aussi beaux jouets et un si bon maître. Et de sa cantilène familière le grillon égayait la sieste des tièdes guérets d'où s'exhalaient la bonne odeur de la glèbe.

Une fois son petit pain mangé, séduit, à son tour, pénétré par le charme amolissant qui montait de cette campagne lumineuse, au pas rythmé et prudent de sa monture, l'abbé s'assoupit comme un enfançon qu'on berce.

Son chapelet dans une main, les rênes dans l'autre, il dodelinait béatement de la tête, saluait les grands platanes du chemin tandis que l'ânesse, sans parvenir à l'éveiller barytonnait d'autre part et constellait le chemin de ces jolies boules dorées qui sont le grenier des petits pierrots insolents et des gentilles alouettes.

A quoi donc rêvait-il, le bon curé ?

Peut-être repris par la passionnante question de l'Art Ibérique, méditait-il de nouveaux travaux ? préparait-il des recherches plus fructueuses ? Peut-être se voyait-il découvrant au cours de ses fouilles à venir d'indiscutables témoignages établissant que la vieille Hispanie n'attendit pas, pour avoir le culte du Beau, l'invasion romaine ?

Mais non, car son large front de penseur qui, d'ordinaire se rembrunissait, se plissait dans l'angoisse de ce problème, rayonnait, au contraire d'une joie complète.

En vérité, ce qui épanouissait sa bonne figure de saint et lui faisait une auréole de son tricorne râpé, rejeté en arrière dans l'abandon du demi-sommeil, c'était un peu du bonheur que dans quelques minutes il donnerait à tous les enfants du village. Il les voyait prenant d'assaut ses corbeilles, se pâmant et bavant devant les Pierrots, les Arlequins, les Polichinelles, s'extasiant devant les petits lapins qui tambourinaient et faisaient le salut militaire trépignant devant les bébés aux yeux de verre qui riaient, pleuraient, disaient papa et maman quand on leur pressait le ventre. Il entendait leurs parents, ses bons paroissiens, émerveillés de la surprise et sachant enfin ce qu'il avait mis dans les corbeilles, le fêter à son arrivée, et crier comme le matin à son départ : Eh ! vive M. le curé ! vive notre bon pasteur Mattéo ! !

Alors lui, leur disait de clamer :

— Vive le grand saint Nicolas !

Car, enfin, sachez-le, ce jour-là était la fête du grand patron de l'enfance, et M. l'abbé Mattéo avait résolu de la faire pour la première fois, célébrer par tous les bambins de sa paroisse.

Arrivé là de son rêve, il sursauta et Négritta agita soudain ses deux oreilles.

Ils venaient d'entendre tout près d'eux un enfantelet gémir et se plaindre.

L'abbé jeta les yeux autour de lui et ne vit personne. Aussi loin que le regard s'étendait, la route paraissait déserte.

Il crut à une hallucination du songe qu'il venait de faire; mais quelques instants après gémissements et soupirs éclatèrent plus distincts encore et Négritta dressa plus vivement l'oreille.

Cette fois, à n'en pas douter, cela partait de la corbeille de droite.

Il se pencha aussitôt vers elle. Il vit des Arlequins sourire aux Colombins et les Pierrots faire la nique aux Polichinelles. Il porta la main à son front :

« — Mon Dieu ! pensa-t-il, que je suis naïf ! mais c'est quelque bébé mécanique, dont son voisin ou quelque petit lapin blanc, ou seulement les heurts de Negritta auront quelque peu serré le ventre.

Et plein d'admiration pour l'ingéniosité d'une invention qui imitait si bien la nature, puisqu'il venait de s'y méprendre, il continua sa route, et un instant après débouchait sur le pont de Rondinello.

VII

Cependant la vieille Fatime, inquiète du retard insolite de son maître était montée sur la terrasse du presbytère d'où elle explorait la vallée. Et elle n'était pas seule à s'impatienter.

Les paroissiens de Ricciola à qui en vraie fille d'Eve, malgré la défense de l'abbé, elle avait parlé d'une certaine surprise qu'il leur réservait, l'attendaient avec non moins d'anxiété. Ils ne savaient pas encore en quoi elle consisterait, car Fatime, elle-même l'ignorait, et cela faisait qu'à cette heure la curiosité du village était plus violente encore que le matin.

Les hommes pour prendre patience devisaient dans la forge du maréchal-ferrant Santos ou bien jouaient aux boules sur la place; les femmes jacassaient au seuil de leurs portes, et tous les gamins comme des pierrots grimpaient sur les arbres d'où ils sondaient l'horizon; quelques-uns même avaient suivi le sacristain Antonio Camona, jusqu'au sommet du clocher.

Les premiers, ceux-là aperçurent le tricorne de l'abbé sous les platanes de la route et essaimèrent aux quatre coins du village en criant : « le voilà ! le voilà ! ». Il y eut une profonde émotion. On commençait déjà à craindre un malheur et on se disposait à se porter au devant de lui.

En clin d'œil, la population fut sur les terrasses, et comme on le vit guilleret et sain sur sa monture on ne s'occupa plus d'entrevoir ce qu'il portait dans les corbeilles mystérieuses.

— Je ne sais pas de quoi cria bientôt le sacristain du haut du clocher, mais elles sont pleines, pleines à déborder et Negritta semble lasse de son fardeau.

La curiosité s'exaspéra.

Au risque de se casser le cou, certains montèrent sur les toits.

Bientôt les costumes bariolés et éclatants des poupées, le rouge, le vert, le bleu, le jaune des Arlequins et des Colombines, le blanc immaculé des Pierrots jetèrent leur note gaie dans le soleil.

On ne distinguait encore rien, mais, la joie de tous redoubla. On discutait à perte de vue, et les opinions les plus diverses furent émises sur la nature de ces objets aux vives couleurs. A voir les ors qui soutachaient les costumes de ce menu peuple de carton et de bois et qui étincelaient à la lumière, on crut d'abord que M. le curé venait de faire quelques acquisitions pour son église, et qu'il leur réservait la surprise d'une grande fête religieuse.

Et comme ils étaient très dévots, ils s'en réjouirent d'avance.

Mais Antonio Camona qui, en sa qualité de sacristain, avait l'habitude des objets sacrés fit observer qu'un bariolage aussi violent que pittoresque écartait toute idée de choses destinées au culte.

— Par ma foi! s'écria sur un ton de bienveillante malice, M. Alcindor Venesta, le maître d'école, je crois bien que Camona a raison et, par Baccho! on dirait que notre vénéré pasteur nous amène une ballerine dans chaque corbeille.

Cette pensée saugrenue provoqua un rire bruyant, mais sceptique.

— Peut-être bien! observa Frédéric Palaja le vannier, qui avait les meilleurs yeux du villages : il me semble que j'aperçois des tambourins et des castagnettes.

A peine achevait-il ces mots que M. le curé déboucha sur la place. On vit alors distinctement, les bosses et les nez crochus des Polichinelles, les figures grimaçantes des Pierrots, les masques des Arlequins et les sourires des Colombines, enfin tout cet entassement de jouets sous lesques fléchissait Negritta.

Deux secondes après, dégringolant de la cime des arbres ou du clocher, tous les gamins s'abattaient autour de l'abbé, légers et piailleurs comme un vol de moineaux autour d'une aire, quand on dépique.

C'était à qui s'accrocherait aux corbeilles pour voir de plus près et même toucher ces belles choses que, jusqu'à présent, hélas! ils n'avaient vu pour la plupart que dans leurs rêves.

Sous cet assaut, M. le curé faillit choir. Par le moyen de quelques coups maternellement distribués avec sa queue et ses oreilles, Negritta parvint enfin à se dégager, et tous deux purent arriver jusqu'à la porte du presbytère.

Alors ce qui se passa fut du plus attendrissant et du plus enfantin comique.

Hommes et femmes ramassés sur la petite place de l'Eglise acclamaient leur bon desservant avec une allégresse plus vive encore qu'à l'aurore. Toutes, et tous, les bras tendus, voulaient l'aider à descendre de sa monture. Ce fut au sacristain Antonio Camona et au maréchal-ferrant Santos qu'en revint l'honneur, parce qu'ils furent plus dégourdis que les autres.

Une fois le pied à terre, l'abbé rangeait en cercle autour de lui toute cette marmaille délirante. Tandis que les hommes se pâmaient, que les femmes battaient des mains devant le contenu des corbeilles, il en commença le pillage, non sans avoir solennellement inviqué saint Nicolas, l'ami des bambins dont il inaugurait ainsi la fête.

Depuis bientôt trente ans qu'il était curé de Ricciola, il connaissait à fond ses ouailles et savait la situation de chaque famille. Aussi s'appliqua-t-il à faire, sans soulever de jalousie, et sans blesser d'amour-propre, une distribution équitable.

— A toi Juanita Cardozo qui est la plus sage au catéchisme, cette Colombine aux yeux bleus comme tes prunelles.

— Pour toi, Pedro Moréna, qui me sers si bien la messe et vides avec tant de soin mes burettes, ce petit Pierrot enfariné dont le sourire a la malice de tes lèvres.

— Et toi, Alejandro Sava, qui guignes ce Polichinelle, prends-le, va; tu fais mieux que lui les grimaces...

Et les enfants de se jeter en trépignant sur les jouets qu'il leur tendait, et les papas et les mamans de s'esclaffer aux joyeuses réflexions du saint homme.

Quand tous les grands furent servis, le tour vint des plus petits, des tout petits, de ceux auxquels leurs mamans n'avaient pas encore fermé les culottes. Et l'abbé qui les chérissait par dessus tout, ne leur fit pas la part la moins belle.

Pour eux les petits lapins blancs qui tambourinaient et si gentiment faisaient le salut militaire; pour eux les brebis qui bêlaient, et les ânons qui brâmaient et les diablotins qui sortaient en grimaçant de leurs boîtes.

Ils n'en revenaient pas, ces angélots, de tenir, de posséder en leurs mains mignonnes ces joujoux de riches; ils les serraient, les étreignaient contre leur petite poitrine dans la peur qu'on ne les leur reprît, ou bien qu'ils ne s'envolassent, on ne sait où, comme dans leurs rêves.

Et à travers leurs chausses fendues le bonheur, comme le vent léger, faisait flotter leur chemise.

Non moins heureux que s'il fût tombé sur une trouvaille archéologique d'une importance capitale pour l'Art Ibérique, l'abbé rayonnait, et l'œil mouillé, le cœur battant, jouissait de toutes ces joies qui sans tarir, sortaient des fameuses corbeilles.

Il avait réservé pour la fin, comme bouquet, les belles poupées mécaniques. Quand on les entendit rire, pleurer, dire papa et maman, ce fut une explosion sans pareille, non seulement parmi les enfants, mais aussi parmi les hommes et les femmes.

— Par la Madone! c'est une merveille du bon Dieu, criaient les uns.

— Ou un miracle de notre curé! clamaient les autres.

Il en fit une distribution copieuse et alors commença le plus amusant charivari.

Chaque gamin et chaque gamine en eut une et c'était à qui lui presserait le ventre. Des fusées de rires et des pleurs en sortirent montant vers le ciel apâli d'où les alouettes étonnées laissaient tomber leurs vocalises.

Entre les mains d'autres enfants, les petites brebis bêlaient, les bœufs mugissaient, les coqs claironnaient, tandis qu'entre leurs lèvres les trompettes sonnaient; les diables sortaient de leurs boîtes. Hommes et femmes cacalassaient à en ébranler la colline.

Enfin la joie qui réunissait tout le village sur la placette de l'Eglise devint telle qu'une immense ronde s'improvisa, et l'on vit M. le curé Mattéo en prendre la tête.

L'illustre savant, l'auteur célèbre des *Antiquités Ibériques*, un petit lapin blanc dans sa droite, une poupée mécanique dans sa gauche s'évertuait à faire tambouriner l'un et dire papa à l'autre.

Sa vieille servante, Fatime, que ses rhumatismes tenaient clouée sur la terrasse n'en voulait pas croire ses yeux, et les bras au ciel :

— C'est-y Dieu possible! Combien j'ai raison quand je dis que mon saint maître est dans l'enfance!

Ah! la belle saint Nicolas que ce fut et dont cinquante ans après on ne cessait de parler dans le village!

Au ras des collinettes embaumées, le soleil s'endormait dans son lit de pourpre que la ronde durait encore. Soudain l'*Angélus* sonna au clocher de la vieille église, et, comme si lui-même eût été une poupée mécanique, M. le curé cessa brusquement de danser, fit à ses paroissiens un grand geste et se prosterna face au couchant, dont les ors magnifiaient la garrigue.

Hommes, femmes et gamins l'imitèrent...

— *Angelus domini*... psalmodia-t-il d'une voix grave au milieu d'un silence profond qui rendait plus majestueuse encore l'attendrissante beauté du crépuscule...

Mais voici que le cri perçant d'un nourrisson, véritable appel d'enfantelet en détresse coupa la salutation divine. Et ce cri ressemblait à celui que tout à l'heure il avait entendu sur la route.

L'abbé eut un soubresaut et interrompit la prière. Il lui parut, que ce n'était pas une poupée mécanique qui se lamentait ainsi dans le soir. Tous les enfants, comme leurs pères et leurs mères étaient agenouillés devant lui, et nul ne songeait à troubler cette heure si sainte.

Ce n'était pas non plus un des enfançons que leurs mamans portaient au sein, car tous, il s'en assura de suite, dormaient dans leurs bras d'un sommeil paisible.

Alors, avec tout le monde, il tourna les yeux vers l'ânesse restée près de là. C'était de son côté, à n'en pas douter, que venait la plainte enfantine. Negritta, elle-même, dressait étonnée ses deux oreilles comme tout à l'heure sur la route. M. le curé se précipita suivi des hommes et des femmes. et ce que l'on vit mit le comble à la stupéfaction générale.

Au milieu des Arlequins et des Colombines, entre un Polichinelle bigarré et un blanc Pierrot dans la corbeille de droite restée intacte et que l'abbé réservait pour la prochaine fête se démenait un enfantelet de quelques semaines, en chair et en os celui-là, proprement langé, et beau comme un petit ange. Il se lamentait à fendre l'âme, et voyant venir enfin du monde, il se mit à crier plus fort encore.

Bouleversé par l'émotion, et ne sachant d'où lui tombait ce ravissant bambinello, M. Mattéo levait ses deux bras au ciel comme pour dire qu'il ne pouvait venir que de là.

On pense si dès lors les langues marchèrent, chacun et chacune donnant son idée, communiquant ses réflexions à son voisin ou à sa voisine.

L'abbé silencieux et recueilli, continuait à scruter la pensée divine que par ce moyen lui transmettait la Providence, et, l'ayant comprise, cherchait comment il élèverait ce petit être par elle jeté dans son existence.

Cependant la première stupeur passée, et comme l'enfançon geignait et se lamentait de plus belle :

— Mais, s'écria Graciosa Camona, la femme d'Antonia, le sacristain, vous ne voyez donc pas que le pauvret hurle famine!

Et, passant à son homme la petite Antonia qu'elle allaitait, elle se délaça sans se gêner, prit l'enfant, et lui mit son sein dans la bouche... :

Goulument, le marmot se mit à têter et à pétrir de ses menottes, avec une joie manifeste, la bonne gourde qu'enfin lui envoyait la Providence.

— Graciosa, fit l'abbé dont un sourire, très ému illumina le visage, tu as choisi la plus belle des poupées de Saint-Nicolas. Elle portera bonheur à toi et à ta famille!...

Puis tourné vers les splendeurs du soleil couchant qui solennisaient la vallée et couvraient les collinettes embaumées de roses divines :

— Elle s'appellera Esperanza fit-il en la baisant sur le front avec une tendresse touchante.

Et l'enfant dont la faim était apaisée sourit au vieux prêtre. De ses menotes elle effleura ses boucles blanches et lui caressa le visage.

Et la foule ravie d'applaudir, et les cloches de sonner gaiement dans la douce mélancolie du crépuscule, pour avec elles, saluer ce qu'on croyait, de plus en plus, un miracle.

L'abbé, lui-même, n'était pas loin de penser que Dieu avait en ce joli bébé mué une poupée mécanique lorsque, de ses langes, on vit s'échapper une lettre. Antonio la ramassa et la remit à M. Mattéo, qui d'une voix étranglée se mit à lire ce que voici à la foule soudainement devenue muette.

« Monsieur l'abbé, votre bonté est connue par tous dans la vallée du Rondinello où je suis née dans une grange que, pour le moment, je ne puis vous dire. Vous me pardonnerez donc ce que je fais aujourd'hui ou plutôt ce que la plus noire misère me pousse à faire : Ne pouvant plus la supporter, j'allais avec ma fillette pour nous détruire, quand, passant devant le *Paradis des Enfants*, j'ai vu votre ânesse dont les corbeilles étaient déjà à moitié pleines de ces beaux jouets réservés aux petits des riches et que la mienne ne verrait jamais — si elle vivait, — que dans les vitrines des boutiques...

« J'ai vu aussi dans le magasin votre bon visage et les horribles pensées se sont enfuies de ma pauvre tête malade. Il m'a semblé que de ses grands yeux, votre bête me faisait signe de venir à elle. Aussitôt je suis revenue dans mon galetas où je vous écris cette lettre; puis, sans être vue de personne, au milieu de tant et de si beaux joujoux, j'ai caché ma pauvre petite. Je vous la confie Monsieur l'abbé, et je vous supplie de pardonner à sa mère bien misérable... »

M. Mattéo s'arrêta, la gorge pleine de sanglots et incapable de continuer sa lecture. Et l'enfant ayant fini de têter, tantôt le regardait de ses yeux d'ange clairs et purs comme le ciel de Grenade tantôt souriait à la foule qui, silencieuse et émue, écoutait les sanglots du prêtre et la voix limpide des cloches.

VIII

Antonin Camona, le sacristain de M. l'abbé Mattéo, et le mari de Graciosa qui, de ce fait, devenait le père nourricier d'Espéranza, était bien le type le plus curieux, le plus pittoresquement réjouissant de cette vallée soleilleuse d'où la joie et le rire s'exhalaient perpétuels comme le parfum de ses garrigues et de ses vergers les chansons.

Aussi long, maigre et mince que son curé était petit et gras et replet, il offrait en tout et pour tout, l'antithèse de son excellent patron.

Le teint blafard de son visage, ses yeux jaunis par la bile, sa barbe qu'il gardait inculte faisaient un singulier contraste avec la couperose — oh! bien innocente — de l'abbé, ses claires prunelles toujours joyeuses, son menton soigneusement rasé chaque soir.

L'habituelle maussaderie du sacristain, la brutale désinvolture avec laquelle il traitait les dévotes qui fréquentaient la sacristie, les continuelles lamentations auxquelles il se livrait du matin au soir sur son sort, mettaient plus encore en relief l'inaltérable gaieté et la politesse familière du prêtre.

Avec ses fonctions à l'église de Ricciola il cumulait celles de précon, de fossoyeur de la commune, et, à ses moments perdus rempaillait les chaises, remontait les pendules du village et des environs. Et malgré ce, Graciosa, sa femme qui peinait du matin au soir, ne serait jamais arrivée à nouer les bouts sans l'aide incessante du bon abbé.

C'est que maître Camona dépensait au cabaret du « Foin Coupé », chez Gonzalez la totalité des salaires qu'il eût dû apporter à la maison. Bref il buvait et se soûlait comme une grive d'un bout à l'autre de l'année.

Depuis plus de vingt ans qu'il le gardait à son service, M. Mattéo avait fait tous ses efforts pour le guérir de son vice, sans y parvenir. De guerre lasse, il y avait renoncé et se contentait de défendre ses burettes et ses bouteilles du mieux qu'il pouvait.

Mais Antonio arrivait quand même à les vider, et, par des ruses véritablement diaboliques, s'insinuait jusque dans les recoins les plus secrets de sa cave où vieillissait son Alicante le meilleur.

— Antonio, lui disait-il paternellement chaque fois qu'il le surprenait titubant dans les couloirs de la sacristie, pourquoi détruire votre santé et affliger le Bon Dieu?

— Le Bon Dieu! le Bon Dieu! répondait l'ivrogne, la bouche pâteuse et l'œil larmoyant, il y a beau temps qu'il ne s'occupe plus de Camona, le sacristain...

Et s'arc-boutant pour ne pas tomber contre une madone ou un saint de pierre :

— Ah! poursuivait-il, s'il s'était occupé de lui croyez-vous que de Grand d'Espagne, il serait devenu votre sacristain? Vous me reprochez de boire, mais vous savez bien, Monsieur l'abbé, que c'est pour oublier... Oui! oublier que moi, sacristain, chantre, suisse et bedeau à la fois d'une église de quatre sous, precon, sonneur de cloches, fossoyeur, arrangeur de montres et rempailleur de chaises dans ce misérable village, je suis le vicomte Antonio Camona y Calmeron y Chuco y Queretto y Moreno, etc., etc., chevalier de la Toison d'Or, que ma famille fut une des plus illustres de la péninsule et que si j'écrivais tous mes titres et tous mes noms, ils tiendraient une feuille entière de notre registre communal...

— Sans doute, mon ami, sans doute, faisait l'abbé, vos malheurs furent bien grands, mais à quoi bon les aggraver en vous ivrognant? Vous devriez bien vous corriger, ne serait-ce que par respect pour vos antiques origines.

L'ivrogne, flatté, pleurait de joie, promettait de ne pas recommencer et le lendemain lui vidait cinq ou six bouteilles.

La vérité sur sa vie dont l'abbé savait le moindre détail, était qu'Antonio Camona avait eu pour père un brave homme, Pédro Camona qui, comme tous ses ancêtres, exerça la profession d'horloger dans la capitale.

A son tour, il lui succéda et comme lui, courut pour remonter et repasser pendules et horloges, les châteaux et palais de Grenade, dont sa famille avait depuis longtemps la clientèle.

Dès cette époque, il commençait à s'enivrer et il ne tarda pas, conséquence de ses copieuses libations, à se figurer qu'il appartenait aux nobles familles dont il fréquentait ainsi les salons.

Peu à peu, sa manie s'accentuant avec son vice, il s'était attribué tous leurs noms, titres et qualités, de quoi remplir, comme il disait une page entière de registre paroissial.

Les familiarités que peu à peu il se permit à l'égard de ses aristocratiques clients ne tardèrent pas à lui fermer toutes les portes; et bientôt ruiné, abruti, il dut fermer sa boutique et se louer comme valet dans une ferme de la campagne grenadine.

Il en épousa la servante, Graciosa Roméro, une brune accorte et laborieuse que séduisirent ses manières de grand déchu. Quelques mois après, son ivrognerie les faisait renvoyer tous deux.

Ce fut alors qu'ému par leur misère profonde, M. l'abbé Mattéo prit Antonio comme sacristain et trouva du travail pour sa femme dans le village de Ricciola.

Quand arriva au bon curé l'extraordinaire aventure d'Esperanza, le ménage avait deux enfants : Vincente, l'aîné qui, sur ses dix ans, était d'une intelligence étonnante et dont la beauté promettait celle de Graciosa, sa mère.

Enfin il n'y avait pas encore huit mois, Graciosa avait mis au monde une superbe fillette que l'on appelait Antonia et qui devenait ainsi la sœur de lait d'Esperanza. Et, en offrant son sein à la petite abandonnée, Graciosa n'avait obéi qu'à son cœur, il n'en fut pas de même du sacristain qui, lui, ne vit dans son nouveau titre de père nourricier qu'un moyen précieux de participer plus largement aux habituelles largesses de la cure.

Dans son idée, M. Mattéo restait le vrai père d'Esperanza, et il savait qu'à cause d'elle, ses générosités à leur égard seraient désormais sans pareilles.

En effet, l'abbé s'attacha de toute son âme à cette enfant que, si visiblement, lui confiait la Providence.

Il sentit se réveiller en lui l'instinct vivace et puissant qui gît au fond de toute créature et la porte à se voir revivre dans une créature plus jeune.

Chaque jour, sa messe dite, il venait à la maison de Camona et passait des heures entières à jouer avec la fillette.

Il arrivait, chaque fois, les poches pleines, si

bien que le sacristain put vivre en une perpétuelle bombance.

Sous prétexte que sa femme, nourrissant deux marmots, avait besoin de fortifiants, il dévalisait la cave du presbytère et ne désaoûlait plus du matin au soir.

L'abbé ne revenait jamais de Grenade sans porter dans les corbeilles de Négritta les plus beaux jouets qu'il trouvait au *Paradis des Enfants*. Enfin la maisonnette de Graciosa en était devenue un pour lui; il ne se lassait pas tantôt de contempler le sourire d'Esperanza, tantôt de la regarder dormir dans son berceau, et d'autres fois il s'oubliait à se mirer au fond de ses yeux limpides.

Il en avait oublié l'Académie, la science archéologique et la si passionnante question de l'Art Ibérique.

Dans l'entourage de l'abbé, deux personnes se réjouissaient de cette nouvelle existence.

La vieille servante Fatime qui, toujours avait maugréé de voir le presbytère envahi par ce qu'elle appelait des horreurs et de la ferraille; et le sacristain Antonio Camona qui comptait parmi les fonctions les plus pénibles celle d'accompagner son curé aux ruines du voisinage où jusqu'alors il avait passé les instants que lui laissait le service de sa paroisse.

Comme la vieille Fatime, comme tous les paysans de Ricciola, Antonio n'avait jamais pu comprendre qu'un homme aussi grave et de noble origine attachât une telle importance à des cailloux, à des poupées de pierre brisées, à des morceaux de fer rouillé dont chaque fois il apportait de lourds fardeaux. Mais surtout il considérait comme gaspillé l'argent qu'il consacrait à ces vétilles.

« Que de bons petits verres de rancio, on se payerait avec le quart de cette monnaie! » pensait-il non sans amertume chaque fois qu'il le voyait sortir ses douros pour pareilles choses.

Pourtant, à cause de la bonté et des vertus du saint homme, il respectait, avec tout le monde ce qu'avec tout le monde il appelait son grain de folie, et il ne se faisait pas trop prier pour porter les lourdes trouvailles et les gros bouquins que l'abbé traînait avec lui.

Dans ses mouvements d'impatience, quand la charge dépassait un peu la mesure, il se contentait de bougonner aux oreilles du savant qui n'écoutait pas : « M'est avis, monsieur le curé, qu'un vieux sou n'en vaut pas un neuf, et que dix mille vieilles pierres ne valent pas un biscuit. »

Donc il ne dissimulait pas sa joie de voir l'abbé renoncer à ses courses toujours plus pénibles et réserver pour la petite Esperanza une bonne partie de l'argent qu'il leur consacrait autrefois.

Cela dura jusqu'au jour où, en sortant du *Paradis des Enfants*, dont il venait de dévaliser les étagères, l'abbé Matteo se trouva nez à nez avec son belliqueux collègue de l'Académie archéologique, M. le général marquis Domenico Calméron.

— Per Bacchol l'abbé, je suis bien aise de vous rencontrer, fit-il en lui sautant au cou avec sa rondeur habituelle, et je ne vous lâche pas avant que vous ne m'ayez confié les motifs pour lesquels, depuis plus d'un mois, vous, jusqu'à présent le plus ponctuel, n'avez pas mis les pieds à nos séances...

Et sans lui permettre d'ouvrir la bouche :

« ... Caramba!! l'abbé, apprenez qu'à notre dernière réunion nous avons décidé de venir en chœur à Ricciola vous chercher pour la prochaine! Et vos travaux sur l'Art Ibérique, sur cette question qui touche à l'honneur même de notre Espagne, où en sont-ils, s'il vous plaît? Quant, moi, je tombe sur vous à bras raccourcis et vous accuse de paresse notre vénéré président ne manque jamais de vous défendre en prétendant que votre absence est motivée par vos études; que vous avez résolu de venir seulement le jour où vous nous ferez l'heureuse surprise de la découverte qui clouera le bec à tous les savants du monde. Est-ce vrai l'abbé? »

Etourdi d'abord par ce déluge de paroles prononcées d'une voix amicalement véhémente, le savant hésita quelques instants à répondre. Son premier mouvement fut de cacher à son collègue le vrai motif de ses absences, puis, pris de honte devant le mensonge même léger et véniel, il narra tout au long l'aventure.

— Parfait! Délicieux! Etonnant! ne cessait de répéter le guerrier quand il eut fini, pour une jolie trouvaille, c'est une jolie trouvaille, assurément, et la communication que j'en ferai dès demain à l'Académie sera, par ma foi! plus intéressante que nos rapports et nos mémoires...

Et, étranglé par un bon rire affectueux :

— Je lui proposerai, conclut-il, de venir en corps saluer ce merveilleux bambinello.

Puis, comme l'heure pressait et qu'il fallait se séparer :

— Pour Dieu, l'abbé, lui cria-t-il en lui brisant les deux mains, n'oubliez pas, malgré tout, la question de l'Art Ibérique!

IX

Pas plus tard que le lendemain, pris de remords pour ce qu'il appelait sa paresse, M. l'abbé Matteo se rendit comme chaque jour à la maison de Graciosa et après avoir caressé Esperanza, il fit appeler Antonio, attablé dans un cabaret du voisinage.

« Demain, lui dit-il, sois matinal. Nous partirons à cinq heures, après la messe des bergers, et nous irons faire des fouilles aux ruines de Gorvinetto. J'ai idée que nous réussirons et je reprendrai d'anciennes études interrompues. N'oublie pas d'amener Vincente, il nous aidera. »

C'était pour l'aîné du sacristain, une véritable fête que ces promenades archéologiques.

Ces jours-là il ne sortait pas la demi-douzaine de chèvres, dont son père lui avait confié la garde dès qu'il eut atteint ses huit ans. Non point qu'il détestait son métier de pâtre; loin de là; il était heureux de passer ses journées à courir les *cerros* en compagnie des petits bergers de son âge, et à dormir dans les midis aux bords des sources, sous les antiques figuiers.

Comme eux il s'amusait à sculpter des madones

et des saints au tronc rugueux des vieux hêtres. Il était même devenu l'un des plus habiles à manier le couteau, ne craignait pas de s'attaquer à la pierre avec la pointe d'un ciseau, ayant eu pour maître le plus adroit chevrier de la vallée.

Quand au pacage, il fouillait un morceau de buis ou ciselait l'écorce d'un rouvre, pastoureaux et pastourelles mêlant leurs chèvres, se ramassaient autour de lui pour le regarder, et les fillettes les plus huppées de Ricciola et de Gorvinetto, passant par là, s'arrêtaient pour admirer les jolies choses qu'enfantaient ses doigts.

Lui, très fier, les leur donnait ou les leur vendait, selon le plaisir qu'il prenait à leurs louanges et à leur visage.

Pour l'une d'elles, Vicente, bien qu'il n'eût pas encore douze ans s'était pris d'une amitié véhémente.

C'était Beppina Ripas, la fille de José Ripas, l'usurier de Gorvinetto, l'homme, disait-on — et c'était vrai — le plus riche de la vallée de Rondinello.

Tout de même, il fallait se défier de Pédro Manacel, car elle le rencontrait avec ses chèvres aux endroits où ils se faisaient leurs confidences (p. 17).

Elle avait à peu près son âge et jamais alouette plus qu'elle fine et jolie n'avait chanté dans les garrigues andalouses.

Vicente passait de longues heures à lui ciseler des agrafes pour sa ceinture, des petits coffrets où elle enfermait son dé, ses ciseaux, voire même des bracelets, cent autres menus objets au gré de sa fantaisie et en échange desquels il ne voulait jamais recevoir d'elle autre chose qu'un sourire de ses jolies lèvres.

Beppina de son côté se sentait attirée vers le pastoureau par une force irrésistible, et tous deux employaient mille ruses pour se trouver seuls dans le *Cerro* ou dans la garrigue.

Mais si le fils du pauvre sacristain de Ricciola n'avait jamais consenti à accepter un centime de la fille du richissime usurier, il recevait d'elle avec plaisir des petits cadeaux, fromageons poivrés, tablettes de bon chocolat, pâte de coing parfumée et maintes autres gourmandises que Beppina prenait chez elle et qu'ils trouvaient le moyen de manger ensemble à la source d'Orrentino, tout près des ruines de la Madona.

Nul dans le pays ne connaissait leurs enfantines amours, à l'exception d'Antonio Camona, lequel se gardait bien d'en souffler mot à quiconque, caressant au fond de lui-même l'espérance que Vicente épouserait un jour la fille du richissime usurier.

« Il est si intelligent, si futé, se disait-il, bien souvent, il a su envoûter la Beppina, et malgré son jeune âge je le crois, ma foi, fort capable de mener son affaire à bien. »

Et prenant son rêve pour une réalité, avec son imagination exaltée de maniaque, il se voyait déjà riche par son fils, roulant sur les grands chemins de Grenade dans les carrosses de José Ripas, aux panneaux desquels il ferait peindre ses armoiries de vicomte.

Son instinct pourtant lui disait que du jour où l'usurier connaîtrait l'intrigue amoureuse de sa fille, il y mettrait promptement un terme, car, maintes fois, soit à la foire de Gorvinetto, soit dans sa boutique d'horloger à Grenade, quand il y venait, il l'avait entendu affirmer qu'il ne donnerait sa Beppina qu'à un homme aussi riche ou même plus riche que lui.

Aussi s'ingéniait-il à veiller sur leurs rendez-vous et en éloigner toute indiscrète curiosité.

Un seul homme, croyait-il, savait en dehors de lui, les amours des deux enfants et il en éprouvait quelque inquiétude d'autant plus que ce quidam — un jeune pâtre de Gorvinetto — était d'un naturel sournois, jaloux et bien certainement amoureux, lui aussi, de Beppina.

Oui, vraiment ce Pedro Manacel, avec ses grands yeux noirs où pétillait de la braise, son front hardi et ses fines lèvres toujours plissées par la colère, avait le don de l'exaspérer chaque fois qu'il le rencontrait dans la guarrigue gardant les chèvres autour de nos amoureux. Joli garçon pardessus le marché, presque autant que Vicente, ayant un an à peine de plus que lui, et une taille d'une sveltesse à rendre rêveuses les plus belles filles du pays.

Pas plus tard que la dernière semaine, il l'avait surpris rôdant dans les environs de la fontaine d'Orrention où Vicente avait donné rendez-vous à Beppina et marmottant des menaces qu'il n'eut pas le temps d'ouïr.

Or, depuis ce jour-là, Beppina n'était plus revenue au *Cerro* et Vicente ne l'avait plus revue, ce dont ils commençaient l'un et l'autre à s'inquiéter. La langueur d'amour le tenait déjà, et lui aussi avait peur de ce Pedro Manacel qui, maladroit de ses deux mains, ne pouvait lui pardonner de charmer les filles en ciselant l'écorce des rouvres et la racine des buis. Peut-être ce gredin-là par dépit ou jalousie, avait-il prévenu l'usurier de leurs rendez-vous. On pense donc que sa joie fut grande en apprenant que l'abbé l'emmenait à Gorvinetto.

Il y verrait certainement sa petite amie et saurait d'elle pourquoi elle ne venait plus à la fontaine d'Orrentino.

X

Donc le lendemain matin avant même que le premier coq eût chanté dans les fermes de Ricciola, M. l'abbé Matteo, son sacristain et le jeune pâtre Vicente se mirent en route pour Gorvinetto, le cerveau hanté par de bien différentes idées.

Le soleil rasait à peine les ruines antiques quand ils y arrivèrent

D'ordinaire si ses recherches devaient durer quelques jours, l'abbé s'installait à l'auberge della Madona chez Juan Ricardos, un hôtelier qui se piquait d'archéologie, collectionnait, à ses moment perdus, les vieux sous et lui tenait compagnie dans l'intervalle des fouilles.

Ni Antonio ni son fils n'avait jamais fait à cela d'objection quelconque. Aussi ne fut-il pas peu surpris d'entendre son sacristain lui énumérer complaisamment les multiples inconvénients de cette auberge et plaider avec chaleur tous les avantages que lui offrirait celle de Grégorio Marguer *: A la Mule de Castille*.

Et comme Mattéo le regardait indécis :

— Je ne comprends pas Monsieur l'abbé, insinua-t-il, que vous hésitiez un seul instant entre l'une et l'autre. Nul n'ignore que le vieux Ricardos est le plus infâme gargotier du pays. A ce point, il vous démolit l'estomac avec sa cuisine à chacune de vos visites chez lui, que vous restez huit jours au lait en revenant au village. Grégorio Marguer, au contraire, est de la force des plus habiles des cordons bleus de la capitale. Ses pets-de-nonne et son *puchero* sont renommés dans tout le pays andalou. Et puis vous n'ignorez pas Monsieur l'abbé, que les chambres de Ricardos sont au dernier point misérables; dans ses sommiers fatigués et ses matelas épuisés se donnent rendez-vous toutes les puces du voisinage. Au lieu de collectionner les vieux sous — ce qui n'est pas sa compétence — ce brave Juan ferait mieux de ramasser les punaises qui infectent les lits de son auberge.

En écoutant cette diatribe imprévue, l'abbée ne put s'empêcher de sourire, mais ne parut pas convaincu. Tous ces reproches évidemment exagérés importaient peu à son ascétisme.

Camona le comprit bien vite.

— Enfin, Monsieur l'abbé, s'empressa-t-il d'ajouter, ce qui doit plus que tout vous décider, c'est l'éloignement où se trouve des ruines l'auberge de *la Madone* tandis que *la Mule de Castille* en est à quelques pas. Voyez que de temps nous gagnons en descendant chez Grégorio...

— Plus de deux heures par jour, observa promptement Vicente que la proposition de son père avait rempli d'aise.

Sans s'être entendus, ce qu'ils cherchaient tous les deux, c'était à se rapprocher de la maison de José Ripas.

Or, tandis que l'auberge de Ricardos en était très loin, celle de Grégorio Marguer s'élevait en face. De sa fenêtre Vicente pourrait voir celle de Beppina et les occasions de se rencontrer s'offriraient en foule.

Comme toujours en pareil cas, le débonnaire M. Mattéo céda, convaincu par la question des distances, non sans un léger remords à l'endroit du vieux Ricardos comme s'il lui eût causé un dommage. Absorbé par le problème de l'art ibérique et par sa nouvelle passion pour Esperanza, il ignorait tout de cette intrigue amoureuse.

On s'installa donc chez Grégorio, à la *Mule de Castille* et les recherches commencèrent.

Tandis que l'abbé et Camona, à la tête des hommes loués pour la circonstance, fouillaient consciencieusement les ruines, Vicente trouvait le moyen de s'esquiver en sourdine et de courir au rendez-vous que le matin même de sa fenêtre, il avait donné à Beppina.

Il lui avait apporté de Ricciola une madonette et un bracelet que patiemment il sculpta dans l'écorce d'un très vieux rouvre.

Dès leur première rencontre, ses inquiétudes furent dissipées, et il apprit de son amie, que si elle n'était pas revenue à la fontaine d'Arentino, c'est que sa mère avait été et était encore malade.

Tout de même, il fallait se défier de Pedro Manacel car elle le rencontrait avec ses chèvres aux environs des endroits où ils se faisaient leurs confidences. Et chaque fois, c'était d'un regard plus mauvais qu'il toisait Vicente.

Huit jours passèrent et nos trois chercheurs se disposaient à rentrer bredouilles à Ricciola lorsque Pédro se présenta devant l'abbé avec un volumineux paquet qu'il portait précieusement sous son bras.

En le voyant, les deux Camona ne purent retenir une significative grimace, mais ce fut bien pis quand le jeune pâtre de Gorvinetto, dépliant son paquet en sortit triomphalement une statuette de pierre que quelques semaines avant leur venue il avait trouvée dans les ruines.

L'abbé s'en empara vivement, soulevé par une espérance soudaine. Il la tourna, la retourna en tous sens, et à la fin de cet examen minutieux, son visage, sans refléter autant de joie qu'au début, n'en resta pas moins satisfait.

Ce n'était point ce qu'il cherchait, un témoignage de l'art original des Ibères, mais un *Antinoüs*, manchot et boiteux, dont la facture délicate accusait toutefois une bonne époque de l'art Ibéro-Romain.

Pendant ces quelques minutes, les figures d'Antonio, de Vicente et de Pédro se contractèrent sous les sentiments les plus divers.

D'abord le sacristain et son fils enveloppèrent le pâtre d'un regard rempli d'ironie, haussèrent violemment les épaules, certains que l'abbé lui rendrait dédaigneusement sa statuette mutilée; mais quand ils virent que M. Mattéo la manipulait avec d'infinies précautions et qu'il faisait mine de la garder, une violente colère étincela dans leurs yeux.

« Combien veux-tu de ta trouvaille ? fit enfin l'abbé en s'adressant à Pedro.

Le berger qui, comme tout le monde, connaissait la passion archéologique du curé n'hésita pas, ayant déjà *in petto* fixé son prix et hardiment il demanda cent douros.

Antonio et Vicente devinrent verts en l'entendant, puis cramoisis en voyant leur maître sortir sa bourse et, sans mot dire, remettre en les mains du pâtre le prix exigé.

Alors tout en les empochant et faisant tinter les pièces d'argent, Pedro s'approcha de Vicente, et d'un œil mauvais, il murmura d'une voix sourde à son oreille :

« Il y aura là de quoi acheter à Beppina des bracelets et des colliers qui ne seront pas de pacotille comme...

Il n'eut pas le temps d'achever.

— Canaille !

— Voleur !

— Caraçon du diable !

— Chevrier de Satan !

C'étaient les deux Camonas qui se précipitaient sur le pâtre pour l'étrangler.

— Rends les douros, misérable !

— Ça vaut dix sous, vieux forban !

Et ils le secouaient comme un prunier. L'abbé eut beaucoup de peine à l'arracher de leurs mains.

Tandis que Pedro Manacel, par lui délivré, s'enfuyait à toutes jambes vers Gorvinetto, non sans proférer des menaces qui se perdirent dans le vent, nos trois chercheurs prirent la route de Ricciola.

Tout en marchant, M. Mattéo, au fond mécontent de son excursion, ne cessait de répéter :

« Non ! non ! il n'est pas possible que nos ancêtres les Ibères qui furent si vaillants guerriers, n'aient pas eu des artistes dignes d'eux; tout me dit qu'il ne faut pas désespérer; tout me dit que je finirai par trouver quelque statuette ou figurine sortie de leurs mains et pas trop indigne de cet Antinoüs ibéro-romain. Il y a eu un Art Ibérique, j'en reste malgré tout certain,

Mais voici que tout à coup son pas lassé de chasseur de buisson creux s'accéléra, redevint allègre et sa figure jusque-là penaude, s'illumina. L'image de la petite Esperanza un peu oubliée durant ces huit jours, venait de rayonner devant ses yeux. Il se reprocha cet oubli, et, sa pensée ainsi reprise par elle, il ne cessa pendant le reste de la route d'en parler à ses compagnons.

« Qui sait, disait-il avec inquiétude si Graciosa l'aura bien soignée ? Qui sait si durant mon absence elle n'a été malade ? et si elle n'aura manqué de rien ? »

Le sacristain était encore tout à la crainte de plus en plus sérieuse que Pedro lui inspirait pour ses projets et encore plus à la colère qui lui venait des cent douros par lui empochés. Que de petits verres de rancio, que de rasades de *puchero* représentait cet argent.

Et accablé sous le poids des pierres, vieilles ferrailles et autres objets ramassés aux ruines, il se tournait de temps en temps vers son fils, et l'index de sa main droite posé sur son front, celui de sa main gauche montrant l'abbé :

— Quel dommage lui disait-il à l'oreille, qu'un aussi saint homme soit fou et qu'il gaspille à ce point ses écus !

Vicente écoutait fiévreusement ces paroles, mais ne soufflait mot. Pour la première fois un sentiment de jalousie poignait son âme enfantine. Il se répétait les paroles ironiques de Pedro, le voyait couvrant de vrais bijoux en or Beppina Rosas et lui ravissant son amour.

Ah ! l'argent ! l'argent ! Il en comprenait déjà la toute-puissance avec l'intuition précoce de son esprit alerte et vif.

Et tandis que l'abbé continuait à chanter pour les oiselets des buissons les louanges de son Esperanza, qu'Antonio maugréait contre sa manie ruineuse des vieilles pierres, il se prenait à murmurer : « Comment faire pour en gagner beaucoup, beaucoup ? »

Alors jetant les yeux sur l'Antinoüs qu'on lui avait donné à porter et regardant l'abbé de temps à autre, il s'absorba jusqu'au village dans une rêverie profonde.

XI

À quelques minutes de Ricciola, la garigue s'infléchit gracieusement, puis se relève et doucement vient mourir au bord des flots du Rondinello qui lui font une ceinture argentée. Dans ce creux abrité des vents où le cytise pousse à son aise, où la lambrusque frôle le myrthe de ses rameaux retombants, et que les merles choisissent pour y cacher leurs amours, se dressaient les ruines d'une très antique chapelle dédiée à Notre-Dame d'Albaïcin. Ce qui avait résisté aux siècles disparaissait presque sous un épais tapis de lierres, sous des touffes de genévriers dont les baies faisaient en automne les délices de toutes les grives des environs.

Ce coin aussi parfumé que solitaire appartenait — pierres et glèbe — à Antonio Carmona ou plutôt à Graciosa, sa femme, dont il représentait la dot. Il valait bien cinquante douros.

Maintes fois le sacristain, pour satisfaire son ivrognerie, avait essayé de le vendre à ce prix et même à moins, mais il n'avait pas trouvé preneur; à peine aurait-il suffi à faire maigrir une douzaine de cabris.

Ce que voyant, un beau matin, il se décida à le défricher. C'était quelque temps après l'excursion de Gorvinetto. Ce beau zèle l'avait saisi à la suite d'une semonce plus sérieuse de l'abbé lui reprochant son ivrognerie, sa fainéantise et le menaçant de ne plus donner un sou à sa femme.

Chaque jour pendant un mois, au premier chant de l'alouette, il se rendit donc à son Cerro, et tandis que Vicente gardait non loin de là ses six chèvres, il remuait la glèbe ingrate, désireux de lui confier quelques pois chiches et un peu de blé.

Heureuse de voir son homme s'éloigner du cabaret, Graciosa arrivait avant midi, portant sur chaque bras un nourrisson. Avec des feuilles de lierre elle leur faisait un lit à l'abri des ruines, puis s'en retournait au village chercher le repas de tous.

Au coup de sifflet de son père, Vicente s'approchait avec ses chèvres et l'on mangeait le garbenzo en écoutant chanter les merles dans les cytises des entours.

Autant pour récompenser Camona de ses efforts héroïques que pour passer un moment avec la petite Esperanza, M. Mattéo survenait souvent avant la fin de la dînette, monté sur Négritta, et apportait dans ses corbeilles une bouteille de son Alicante le plus vieux ou de son meilleur Malaga.

Pendant qu'on la buvait tous ensemble, Graciosa, afin de ne pas faire de jaloux, prenait ses deux nourrissons sur ses genoux et dans chaque petite bouche mettait le bout d'un sein plus gonflé de lait que celui des chèvres endormies sous les arbousiers.

Et l'on ne savait quel était le plus heureux ou des enfants tétant goulument une gourde si bien remplie ou du sacristain savourant le précieux nectar de l'abbé, ou bien de l'abbé lui-même dont les paupières se mouillaient à voir sa fillette adoptive caressée par le tiède soleil andalou.

Seul Vicente son repas fini demeurait maussade et rêveur tout en fouillant avec la pointe de son couteau une grosse branche de rouvre ou un fin rameau de peuplier.

De temps à autre, M. Mattéo le regardait. Et il était vraiment très beau le fils de son sacristain avec ses longs cfeveux bouclés d'un noir de jais que la brise faisait onduler sur ses épaules encore enfantines avec ses yeux bruns pétillant d'une intelligence très vive, ses lèvres saignant de santé et pareilles à des arbouses de garigue, tous ses traits enfin, d'une délicate joliesse, qui lui rappelait celle de ses meilleurs Tanagras.

Puis il reportait ses regards sur Esperanza qui, ayant fini de téter, s'était endormie sur les genoux de sa nourrice et, la bouche ouverte où perlaient quelques gouttelettes de lait, criait aux anges.

Mignonne aussi et jolie s'annonçait cette enfant venue de Dieu, et son visage sommeillant évoquait pour lui le visage des enfançons que Velasquez et Murillo font dormir sur les genoux de leurs Madones, ou sur la paille des Crèches dans leurs divines nativités.

Et alors caressé par la brise tiède du Cerro dans la douceur d'une demi-sieste, le bon curé devançant les années se laissait emporter sur l'aile du rêve. Il se voyait passant l'anneau nuptial au doigt de ces deux êtres aimés, les mariant dans sa vieille église pleine de fleurs, par une belle matinée d'avril où le rossignol chanterait son hymne d'amour parmi les roses... Oui, songeait-il, je voudrais bien avant que le Bon Dieu ne me rappelle, assurer le bonheur de ce petit ange qu'il a bien voulu m'envoyer.

Encore que de neuf ans plus âgé qu'elle, Vicente qui ne ressemble en rien à son père, mais possède toutes les qualités et la beauté de sa mère, serait bien le mari que je lui voudrais. Je leur laisserais ma fortune et m'en irais content sinon d'avoir pu résoudre le fameux problème de l'Art Ibérique, du moins d'avoir, aux êtres qui m'entourent donné un peu de ce qu'on appelle bonheur...

Et il restait longtemps ainsi, s'abandonnant aux visions que Dieu — il n'en doutait pas — lui envoyait, laissant sa pensée errer au fil de son rêve et son esprit s'envoler avec l'haleine des fleurs vers le mystérieux pays où vont nos chimères, jusqu'au moment où Vicente le réveillait brusquement en sifflant ses chèvres.

Il se levait, serrait la main du sacristain, faisait mettre un enfançon dans chaque corbeille, et marchant derrière Négritta en compagnie de Graciosa, il regagnait le village.

Sortie du sillon voisin, l'alouette les saluait en grisollant sur leur tête, et les abeilles abandonnaient la fleur du thym pour les accompagner en bourdonnant jusqu'à l'église.

Et la joie divine qui s'exhale des cœurs généreux planait sur la vallée de Rondinello.

XII

A quelques mètres de là, un matin de la mi-novembre, Vicente gardait ses chèvres dans le *cerro*, tout près des ruines de Notre-Dame, tandis que son père persévérant dans son existence nouvelle en défrichait un autre morceau.

Autour d'eux, l'automne agonisait le doux et splendide automne de grenade. De la garrigue dorée, sous les cépées jaunies des lambrusques, montait dans l'air rafraîchi l'arôme pénétrant des lavandes et le parfum des tithymales. Dans les myrtes dont la rosée mouillait les baies mûres, dans la profondeur des arbousiers qu'ensanglantaient les arbouses, les merles picoraient à becque-veux-tu, et saluaient, en vocalisant, cette agonie glorieuse.

Assis sous l'antique figuier d'Orrentino au bord de la source où d'ordinaire il donnait ses rendez-vous à Beppina, Vicente resté seul, se mit à sculpter la racine d'un jeune buis; et disséminées autour de lui, ses chèvres tondaient les cytises.

Il était toujours triste et rêveur, le pastour, depuis l'instant où sur les ruines de Gorvinetto il avait vu le sourire ironique de Pédro Manacel, et entendu ses orgueilleuses paroles. Ah! cet argent de l'abbé dont le faquin avait insolemment rempli ses poches!... « Avec ça on pourra lui payer, à la petite, de vrais bijoux en or fin et qui ne seront pas de la camelote comme ceux que tu lui offres... »

Il avait beau prêter l'oreille à la chanson de l'alouette et aux trilles du merle sous les cépées, cela bourdonnait à son tympan avec une obstination désespérante.

L'ombre de la jalousie passait sur son âme enfantine encore, mais qui avait déjà frémi au soleil naissant de l'amour.

Il se disait bien que, jusque-là, Beppina avait repoussé toutes les avances de Pédro, et aussi celles qu'il lui fit en sa présence pendant son séjour à Gorvinetto; il savait bien qu'elle n'avait jamais répondu à ses plus câlines paroles et plusieurs fois même lui tourna le dos sans la moindre gêne. Mais cela ne suffisait pas à le consoler. En avait-il été de même, songeait-il avec amertume, devant les beaux bijoux que Pédro, après son départ, s'était certainement empressé d'acheter chez Rico Herrera, le bijoutier de Gorvinetti, et de lui apporter, dès la première occasion où il se trouva seul avec elle.

Une chose le confirmait dans ses doutes et avivait son chagrin : c'est que depuis lors — il y avait près de trois mois — Beppina n'était plus revenue à la source et il n'avait plus revu dans la garrigue ni Pédro, ni son troupeau.

« Il s'en va garder ailleurs, se disait-il tristement, afin que je ne puisse les surprendre dans leurs rendez-vous. Oh! ces bijoux en or fin et en vieil argent, si artistement ciselés et qu'il admira tant de fois en passant devant les vitrines d'Herrera, combien, à côté d'eux, paraîtraient grossiers les menus objets que jusqu'à présent il avait sculptés pour Beppina! Et que n'avait-il, lui aussi, les moyens de lui en offrir de pareils!

Et dans son jeune cerveau surgissait encore une fois, obsédante et nette, l'importance que l'argent avait dans la vie. Un vague et triste pressentiment le tenait des obstacles que sa pauvreté dresserait entre lui et sa Beppina.

Il fit un effort pour chasser ses pensées amères, leva la tête vers le ciel lumineux du *Cerro* et la brise lui apporta, avec la senteur des labiées, un souffle puissant d'espérance.

Il ramassa le morceau de buis, le couteau tombés à ses pieds, et se remit à sculpter avec plus d'ardeur, comme s'il eût voulu dépasser en habileté le bijoutier de Govinetto dans ce qu'il destinait à sa migue.

C'était une petite madone au cœur transpercé d'un glaive, et sur la robe de laquelle il se proposait d'entrelacer leurs deux noms. Puis, comme il avançait en besogne, un découragement soudain à nouveau le prit. Il pensa que peut-être son travail serait inutile, et que Beppina ne reviendrait plus à la garrigue pour le chercher; ses yeux s'embrumèrent, une grosse larme en tomba et roula sur la madone inachevée.

A ce moment, deux petites mains s'abattirent sur son épaule et une voix très douce cria : « Bonjour, Vicentino, bonjour! »

Il ouvrit ses paupières mouillées et vit devant lui Beppina qui lui souriait de son sourire plus lumineux que le ciel du *cerro* et plus embaumé que ses fleurs.

Il se dressa, lâcha son couteau, son ébauche :

— Beppina, s'exclama-t-il, pâle de joie, que tu es bonne d'être venue! Depuis deux mois je te languissais et tout à l'heure, en écoutant le chant du merle que tu as fait s'enfuir de ce myrte, il me semblait que ce qu'il chantait ainsi en me regardant, c'était la fin de notre amitié si douce!

— Et pourquoi ce si grand chagrin, mon Vicente, reprit la fillette qui alors seulement s'aperçut que son ami avait des pleurs mal essuyés au bout des cils, tu me crois donc capable de t'oublier?

— Non, certes, interrompit le chevrier, je te sais bonne, au contraire, bonne comme le pain béni de notre église, et tout me dit que, pour rien au monde, tu ne voudrais me chagriner...

Et disant cela, il la regardait bien en face, savourant le bonheur enfin reconquis de se mirer dans la limpidité de ses yeux.

— Eh bien, alors, pourquoi pleurer?

— C'est que, vois-tu, ma Beppina, murmura-t-il en baissant la tête et d'une voix quelque peu honteuse, c'est que... je pensais à ce vilain Pédro Manacel, à ce pastoureau du diable qui ne cesse de rôder autour de tes jupes, et je me disais que peut-être, avec l'argent de M. l'abbé, avec les bijoux qu'il...

La fillette ne le laissa pas achever, elle éclata d'un rire si long, si frais et si sonore que le merle, revenu dans le myrte, s'arrêta de vocaliser.

— Si ce n'est que cela, fit-elle enfin, tu peux essuyer tes yeux. M'apporterait-il ce Pédro, tous les bijoux qui sont dans les vitrines d'Herrera, que je ne les regarderais même pas. Sache donc que lorsqu'après ton départ, il m'offrit une chaînette de vieil argent achetée avec les douros de notre curé, je lui tournai le dos et m'enfuis, la lui laissant entre les doigts.

D'ouïr cela, Vicente s'était empourpré de bonheur; il la regardait, béat, et ne pouvait que répéter en s'emparant de ses deux mains : « Tu as fait ça? tu as fait ça, ma Beppina? » Et Beppina lui répondait par la tendresse de son sourire et la douceur de son regard.

— Que tu es belle ainsi! ne bouge pas...

Et reprenant sa madone, son couteau, l'air inspiré, la main tremblante, il travailla sans cesser de la contempler.

— Tiens, migue, fit-il au bout d'un long temps, vois...

Beppina regarda la madone, et toutes les roses de la joie s'épanouirent sur son front en voyant que la madone lui ressemblait.

— Que tu es adroit, mon Vicente!

— Que tu es belle, ma Beppina!

Et le vent d'amour qui, dans la garrigue printanière, ouvre le cœur des tithymales aux caresses des papillons, et fait éclore les baisers sur les lèvres des amoureux, les inclina l'un vers l'autre, et longuement ils s'embrassèrent, tandis qu'au fond de son myrte le merle s'était repris à chanter...

... « Ohé Vicente! Ohé! arrive! arrive! prends les deux jambes à ton cou!... »

Comme dans la corolle d'une rose deux libellules secouées par un vent brutal. Ils se désenlacèrent soudain. Vicente avait reconnu la voix de son père qui travaillait autour des ruines près de là.

Et c'était lui, en effet, qui tout en défrichant sa garrigue n'avait perdu ni un mot ni un geste des amoureux.

Il en fut, on le comprend, très heureux, et il s'était remis à caresser ses projets pour le jour où Vicente épouserait la fille du riche usurier, lorsque — un bonheur ne vient jamais seul — sa pioche avait heurté un corps très dur, en lequel il reconnut aussitôt une de ces vieilles poupées de pierre dont M. le curé raffolait et qu'il payait des cents douros.

Tandis que Beppina effrayée s'enfuyait dans la direction de Gorvinetto, Vicente se précipitait vers son père qui, trépignant de joie lui montra la figure exhumée.

Sans mot dire, tant le bonheur les étreignait, ils la débarrassèrent du peu de glèbe humide qui la salissait encore, la ramassèrent pieusement et se dirigèrent vers la cure, à pas menus, avec des précautions infinies.

Autour d'eux la garrigue rayonnait d'allégresse

sous le tiède soleil du midi. Les labiées menues et discrètes, tithymales et romarins, serpolets et ferigoules se balançaient à la brise qu'elles embaumaient de leurs parfums. Et dans les arbousiers où saignaient les arbouses mûres, dans les myrtes et les cytises, des tas de merles batifolaient en les regardant.

Tout au long de la sente mince :

— Puisque, disait Camona à Vicente, M. le curé a donné cent écus au pâtre de Gorvinetto pour sa statue manchote et boîteuse, il nous en donnera bien autant de celle-ci à qui il ne manquera pas un seul doigt.

— M'est avis, répondait le jeune chevrier, qu'il nous la paiera beaucoup plus.

— En ce cas, reprenait le sacristain, j'achète sur l'heure l'olivette d'Alonso Ropaz qui est voisine des ruines comme notre *Cerro*, et dans laquelle, par conséquent, il est possible que nous fassions d'heureuses trouvailles.

— Et vous avez mille fois raison, père, criait Vicente enthousiasmé. Et il se voyait déjà sortant de la terre éventrée des tas de vieilles poupées pareilles à celle-là et pour lesquelles M. Mattéo leur donnerait des monceaux d'écus assez pour qu'il puisse prétendre à la main de son amie Beppina Rosas.

Ils arrivèrent à la cure.

L'abbé déjeunait quand ils entrèrent, portant leur trouvaille avec autant de vénération que si c'eût été l'ostensoir.

— La voilà, monsieur le curé, cette fameuse poupée que vous cherchez, la voilà, s'écria Vicente, pourpre de joie.

Et ils la déposèrent devant lui sur la table.

Au cri joyeux de Vicente, le savant avait cessé de manger, et, comme toujours en ces circonstances, il se précipita sur la statue les joues roses, le cœur battant d'un espoir nouveau.

Il la palpa, la tourna, et la retourna, et eut bien vite fait de reconnaître une Madone grossière remontant à cinq ou six siècles et provenant de la chapelle dont les ruines se dressaient dans le cerro de Camona.

L'anxiété du sacristain et de son fils fut telle durant l'examen, qu'ils en étaient tout pâlis. L'excellent M. Mattéo ne voulut pas les accabler d'une trop complète déception.

— Mes chers amis, leur dit-il au bout d'un instant, ce que vous avez trouvé n'est pas précisément ce que je cherche, mais n'en a pas moins sa valeur. Voilà cinq douros pour votre peine.

Et se rappelant que longtemps, bien longtemps avant la chapelle dédiée à Notre-Dame de Albaïcin, et sur ce même emplacement s'était dressé à l'époque gréco-romaine, un temple consacré à Junon ou à Rosespine :

— L'endroit est bon, mes amis, ajouta-t-il, continuez à le fouiller, et apportez-moi ce que vous trouverez en défrichant.

Tous deux prirent une mine si désappointée qu'il ne put s'empêcher de sourire.

— Ah! poursuivit-il en les poussant vers son cabinet, si vous m'aviez apporté quelque chose dans ce genre-là, ce n'est pas cent douros comme le pâtre de Gorvinetto, mais trois cents que vous auriez eus.

Et il leur montra dans ses vitrines une collection de figurines archaïques polychromes rapportées les unes d'Etrurie, les autres de Chypre, œuvres curieuses dans leur mélange de simplicité hellénique, d'exagération orientale et d'originalité locale et dont de très primitifs artistes avaient orné les temples de l'île chère à Cypris.

C'était pour la plupart des bustes ou des statuettes de dieux, de déesses, de guerriers dont le visage assez pur trahissait l'influence attique, dont les costumes étranges, les bijoux massifs et les draperies lourdes rappelaient les idoles de Chaldée, mais qui n'en restaient pas moins chypriotes ou étrusques par une foule de détails.

Tandis que Camona, peu curieux, demeurait, les yeux baissés piteusement sur ces trois écus, Vicente jetait sur ces figurines un long et profond regard.

— Adieu, l'olivette d'Alonso Ropaz! murmurait Camona en regagnant mélancolique sa maison.

— Adieu, les bijoux que je destinais à Beppina! se disait non moins tristement le chevrier.

Puis un silence se fit entre eux. Quand ils furent devant leur porte, Antonio arrêta Vicente.

— Trois cents douros pour d'aussi vilaines poupées! Encore une fois, Vicente, ne crois-tu pas que notre curé devient fou?

Mais Vicente, le regard perdu dans un rêve qui mettait du feu à ses joues, comme au retour de l'excursion de Gorvinetto, au lieu de répondre, ne cessait pas de répéter :

— Trois cents douros! Trois cents douros!

DEUXIEME PARTIE

I

Les années passèrent et Esperanza devint une jolie fillette dont la gaieté réjouissait l'âme et les yeux du bon curé. Aux roses prochaines, elle finirait ses neuf ans et, rose elle-même, elle embaumait le pauvre petit presbytère de Ricciola.

Elle y passait les trois quarts du temps.

Désireux de ne plus la quitter, et reconnaissant que sa servante était trop vieille pour les soigner tous les deux, M. Mattéo venait de s'attacher Graciosa. Il ne vivait que pour cette enfant, la couvait, le dorlotait comme jamais père ne fit pour sa fille. Toutes ses recherches pour trouver sa vraie mère ayant été vaines, il avait fini par croire à sa réelle paternité.

Et c'était bien comme un père qu'Esperanza l'adorait.

Intelligente et très douce, il n'y avait pas de caresses, d'enfantines câlineries qu'elle ne lui prodiguât d'un bout à l'autre de la journée. Elle l'accompagnait dans ses menues courses au villages, le suivait à l'église et au jardin. Là, tandis qu'il lisait son bréviaire, elle cueillait de grands narcisses jaunes et de petits œillets roses, lui en tressait une couronne dont elle s'amusait à auréoler ses cheveux blancs.

Quand elle était lasse de courir, elle lui fermait d'une main mutine son beau livre à tranches dorées, grimpait sans gêne sur son dos et lui montrait la maison.

Avec mille précautions pour son fardeau, l'abbé docilement rentrait à la cure, aussi heureux et aussi ému que lorsqu'il portait les Saintes Espèces aux processions.

Maintes fois, vers la fin des repas, la vieille Fatime, ou Graciosa entrant à l'improviste dans la salle à manger, trouvait le vénérable prêtre, l'illustre savant couronné de narcisses et de bleuets, accroupi sur le parquet avec une ficelle dans la bouche, tandis que la petite à califourchon sur ses reins, lui criait : « Hue! Hue! »

Elle voulait, seule, lui servir et sucrer son café — l'unique gourmandise de M. Mattéo — et elle le faisait avec tant de gentillesse et de grâce qu'il en avait le cœur en joie. Oui! de voir son fin visage encadré de belles boucles blondes dont il sentait la soie lui frôler les mains, de regarder la lumière divine qui rayonnait à ses prunelles d'enfant, d'ouïr son gazouillis d'hirondelle, l'abbé sentait ses yeux se mouiller. Il laissait tomber son bréviaire, ses lunettes à travers desquelles il ne voyait plus, joignait ses deux mains, et dans une ardente prière, il murmurait :

« Seigneur! Seigneur! Vous me donnez, bien qu'indigne, un acompte sur mon séjour au Paradis! »

Bien souvent, alors, bercé par le babil de la fillette et quelque peu alourdi par la digestion, il s'endormait. Et c'était toujours le même rêve d'attendrissante espérance, que le bon Dieu — il n'avait à ce sujet aucun doute — daignait lui mander :

Dans la chapelle de la Vierge, en sa vieille église paroissiale, vêtu de sa plus belle étole, il bénissait le mariage de Vicente et d'Esperanza. Puis, en celle de Saint-Jean-Baptiste, il ondoyait un gros poupon qui, fort, ressemblait à sa fillette lorsque, des corbeilles de la Negritta, on la sortit. Enfin, après une longue existence passée au milieu de leur affection il s'endormait dans le Seigneur, et c'étaient ses deux enfants bien-aimés qui lui fermaient ses paupières et lui rendaient les derniers devoirs...

Mais hélas! que la réalité était loin de ce rêve sans que le saint homme s'en doutât! Tout entier à sa grande amitié pour Beppina, devenue, avec ses seize ans, un amour profond, Vicente n'éprouvait à l'égard d'Esperanza, malgré sa douceur et sa beauté qu'une profonde indifférence et même de l'antipathie à cause de la part selon lui trop large qu'elle avait prise dans l'affection et les bienfaits du curé.

Pourtant, celui-ci, ne perdait pas une occasion de les rapprocher, de les faire jouer ensemble et d'éveiller dans l'âme de l'un et de l'autre une mutuelle sympathie.

Cette année-là, précisément, la grande foire de Gorvinetto, fameuse dans toute la vallée andalouse pour ses mules et ses chevaux, tombait le lundi de Pâques. Il décida qu'on irait tous, Graciosa, son homme et la petite Antonia, Esperanza et Fatime. Comme elle était trop infirme pour marcher, on la mettrait dans une corbeille de Negritta, et dans l'autre, afin de faire contrepoids, on logerait Antonia et Esperanza.

Muni d'un immense parapluie rouge pour préserver la caravane des rais du soleil à cette saison très ardents. Camona ouvrait le cortège, quand, à l'aube naissante, on prit le chemin de Gorvinetto. Blotties au fond de leur corbeille comme des oisillons dans leur nid, les deux fillettes surveillées par Graciosa, jacassaient à qui mieux mieux, et leur babil infatigable répondait au gazouillis des alouettes qui se réveillaient le long du sentier.

Heureux de les ouïr et de les voir lumineuses comme l'aurore et gaies comme le ciel d'avril, l'abbé fermait le cortège. Un de ses yeux sur son bréviaire, l'autre sur la précieuse corbeille, il s'avançait allègrement sans plus songer à ses rhumatismes que s'il avait eu vingt ans.

Mais le plus heureux de la bande était le jeune Vicente dont les deux joues s'empourpraient à la pensée d'aller au village de son amie et au plaisir qu'il aurait de l'y voir.

Depuis quelque temps, Pedro Manacel avait cessé d'importuner la Beppina de ses assiduités, et il ne l'apercevait que de loin en loin, passant, farouche, avec ses chèvres et s'enfonçant dans les replis de la garrigue, quand par hasard il les rencontrait.

De cela, il s'était réjoui, car, malgré les protestations de son amie, il ne lui en restait pas moins au fond de l'âme un tantinet de jalousie, tandis que Beppina, au contraire, en avait pris un peu d'effroi.

— Par la Madone de Castille, mon Vicente, lui avait-elle murmuré plusieurs fois très bas à l'oreille et au moment où ils étaient seuls, ce Pedro a pris un air qui ne me va pas et qui n'annonce rien de bon.

— Bah! répondait Vicente, désireux de la rassurer, mais au fond, troublé lui aussi, c'est le dépit qui le ronge; et après tout, concluait-il en se frappant la poitrine, s'il a des mauvais desseins à notre égard, il trouvera à qui parler.

— Prends garde, Vicente, prends garde, insistait Beppina, Pedro est si violent, si farouche et il m'aime tant, méfions-nous!

Et Vicente, devenu pâle, ne disait plus mot.

Quand la caravane arriva à Gorvinetto, le soleil inondait la place où de tenait la foire à l'ombre des platanes et des alisiers. Les sveltes mules d'Aragon et les petits chevaux de Castille et d'Andalousie, aux caparaçons étincelants, hennissaient et agitaient au vent du matin les mille grelots de leurs colliers.

C'était un régal de prince pour des prunelles d'hidalgo.

N'ayant que faire de ce côté, M. l'abbé Mattéo orienta sa petite smalah vers l'avenue des Platanes, où se trouvaient les boutiques et les bazars. Son intention, qu'il avait jusque-là tenue secrète, afin de ménager à tous une agréable surprise, était d'habiller son monde de neuf et d'acheter aux deux fillettes les fanfreluches qu'elles voudraient.

On pense si la joie de chacun fut grande quand, les ayants introduits chez Domingo Villégas, dont le magasin étincelait dans le milieu de l'avenue, il les pria de faire leur choix.

Le sacristain discerna un complet fringant de caballero, Vicente choisit un superbe costume en velours bleu dont incontinent il s'affubla. Puis, tandis que sous l'œil attendri de l'abbé, Graciosa et les fillettes faisaient leur achat, très adroitement et sans être vu de personne, il s'esquiva.

Il gagna prestement la rue del Sole, passa sous les fenêtres de l'usurier et fit entendre avec son sifflet de pastour la modulation rapide par laquelle il avait coutume de signaler à Beppina sa présence dans la garrigue de Ricciola.

Une heure après ils étaient seuls dans les ruines de Gorvinetto, et d'une voix pleine de tendresse, Beppina s'appliquait à calmer les inquiétudes toujours renaissantes de son ami, lorsque derrière eux, du milieu d'un bouquet de rouvres, José Ripas, en personne, l'air farouche et le bras levé, se dressa.

Avant même qu'ils furent revenus de leur stupeur une couple de maîtresses gifles cinglèrent les deux joues de Beppina et Vicente se senti soulevé par les deux oreilles, puis plié en deux comme un osier du Rondinello, il reçut sur son derrière une fessée des plus cuisantes.

— Ah! polisson, misérable petit chevrier de quatre ochavos (1), clamait l'usurier en le fouettant à tour de bras, tu te permets de faire la cour à ma fille, à la fille du Senor José Ripas. Toi qui n'as sous le ciel que tes guenilles et tes cinq ou six chèvres poitrinaires, tu t'en prends à l'héritière d'un demi-million! Tiens, maraud, tiens faquin, drôle, vermine d'église, puceron de sacristie, voilà qui t'apprendra à respecter la senorina Beppina et à t'adresser aux pastourelles de Ricciola.

Et le laissant choir de tout son long sur la terre, il ajouta en ricanant :

— Tu reviendras me la demander quand tu auras rempli de douros et de pesetas la vieille église de ton curé.

Puis il prit sa fille par la main et la poussa vers la route, non sans lui administrer quelques taloches en supplément.

Humilié, les fesses meurtries et les oreilles quelque peu saignantes, Vicente aussitôt se releva et comme il regagnait le chemin, il entendit derrière les ruines la voix moqueuse de Pedro qui lui criait :

— Bonjour, l'ami, comment trouves-tu la raclée?

La rage au cœur, il se préparait à fondre sur lui, mais en même temps que Manacel disparaissait dans la garrigue, il vit au loin, du côté de Gorvinetto poindre les deux oreilles de Negritta, suivie de toute la smalah.

Il se remit, essuya ses larmes, secoua la poussière de ses habits et fit sa figure joviale en se portant au devant d'eux.

Très mécontent de cette fugue et irrité de n'avoir pu — comme il le méditait depuis quelques jours — le faire monter avec Esperanza sur les petits chevaux de bois, l'abbé Mattéo lui adressa une paternelle remontrance et lui demanda d'où il sortait.

Alors Vicente, fort malin, montrant la terre qui maculait encore ses vêtements :

Des ruines, répondit-il, sans hésiter où je suis allé pensant y trouver quelqu'une de ces poupées que vous aimez tant.

M. Mattéo, auquel ces paroles rappelaient le fameux problème de l'Art Ibérique, fut sur le champ désarmé.

— Et tu n'as rien trouvé? interrogea-t-il avec un sourire malicieux.

— Pas le petit doigt d'une seule, fit le chevrier.

— En ce cas, reprit le curé, la main tendue vers une corbeille de Négritta où se trouvait une statuette de vieux bronze, tu as été, cette fois encore, moins heureux que Pédro Manacel, de Gorvinetto. regarde ce qu'il est venu m'apporter; ça vaut plus cher que son autre trouvaille et il en a eu vingt douros de plus.

— Oui! oui! gronda Camona le poing crispé, encore une saleté que vous avez payée cent fois sa valeur à ce gredin.

Cent vingt douros à Pedro! cela acheva d'attristre ce pauvre Vicente et il fit d'inouïs efforts pour dissimuler une larme, tandis que les autres reprenaient gaiement le chemin de Ricciola.

— Pourquoi ne joues-tu pas avec ta sœurette? lui disait à chaque instant l'abbé en le poussant vers la corbeille où les deux enfants babillaient.

Mais sans même relever la tête, Vicente poursuivait sa marche mélancolique à quelques pas derrière eux. L'oreille fermée aux appels de la gentille orpheline, comme à la chanson des alouettes qui s'envolaient sous ses pas, il n'entendait que la voix moqueuse de Pedro et surtout les menaces de l'usurier :

— Tu viendras me demander Beppina quand tu auras rempli de douros et de pesetas la vieille église de ton curé.

Ces paroles remplies d'ironie bourdonnaient à ses tempes comme un vol de guêpes hardies dont les mille dards l'auraient piqué.

— Que tu en es loin, mon pauvre ami, se disait-il avec amertume. Et songeant qu'à cette heure même Pedro avait ses poches pleines d'écus, il sentit sa rage doubler.

Il s'arrêta, tendit ses deux poings fermés vers le ciel impassible et Camona l'entendit murmurer :

— Par la messe! Et moi aussi j'en aurai des écus!

II

Au cours de l'an qui suivit, l'hiver eut des rigueurs jusqu'alors inconnues en Andalousie. La veille de Noël il neiga et pendant plus d'une semaine les collines, la garrigue et la campagne de Ricciola se couvrirent d'un tapis blanc, comme si toutes les palombes grenadines y avaient essaimé leur duvet.

On vit, chose incroyable, le flot menu des sourcelettes se figer étincelants et les rameaux des oliviers furent, par le givre, mués en pendeloques de lustres.

(1) Monnaie infime.

Sans doute quelques belles journées soleilleuses vinrent bien vite à bout de ce temps maussade, mais il n'en avait pas moins suffi pour réveiller chez M. l'abbé Mattéo une violente poussée de ses rhumatismes.

Le digne homme resta cloué dans son fauteuil au coin de la vaste cheminée presbytérale sans autre distraction que la lecture de son bréviaire, ses études archéologiques et surtout le babil d'Esperanza.

C'était certes, plus qu'il ne lui en fallait pour prendre le temps et les douleurs en patience, d'autant que, reconquis par le passionnant problème de l'art ibérique, il s'était mis à collectionner ses précédents travaux sur ce sujet, et à fixer avec de nombreux commentaires l'état actuel de la question dans un mémoire qu'il lirait, la belle saison venue, à ses collègues de l'Académie.

Mais Esperanza qui, en compagnie de sa sœur de lait, passait la plus grande partie de son temps près de lui, ne tarda pas à s'ennuyer et à jeter sur la garrigue redevenue verte et tiède, un regard d'envie.

M. Mattéo le voyait bien, et il en souffrait, mais comment faire pour sortir les deux pétulantes fillettes ? Leur donner la clef des champs et les laisser s'en aller seules ? Il ne le voulait, tant les routes et les sentiers étaient, à la mauvaise saison, hantés de gitanos voleurs d'enfants et dévaliseurs de masures.

La vieille Fatime était à son tour alitée, prise aux jambes par des douleurs aussi violentes que les siennes, et Graciosa suffisant à peine pour soigner la maisonnée tout entière, ne pouvait s'en absenter un instant. De son côté, Antonio partageait sa journée entre le cabaret du « Foin coupé » et la culture de sa garrigue où il allait maintenant à moitié ivre. Restait Vicente. Que de fois alors qu'il rentrait du pacage avec ses chèvres, M. Mattéo lui avait dit de sa voix la plus caressante :

— Vicentino, combien tu serais gentil de prendre avec toi ta sœurette et Esperanza, à la fontaine d'Orrentino où tu vas garder ! Elles seraient si heureuses de courir un peu la garrigue, de respirer son air pur et de jouer à son soleil !

Mais Vicente faisait le sourd, ou bien :

— Le temps est encore trop froid, objectait-il, et il y a de l'humidité sur le *cerro;* elles pourraient prendre mal, et c'est à moi que vous demanderiez des comptes.

La vérité était que le jeune pâtre passait ses journées à sculpter, avec une ardeur fébrile, l'écorce des rouvres ou les racines des buis, ne voulait pas être dérangé dans cette besogne. Il s'était mis à travailler la pierre froide, ou les blocs de grés qu'il rencontrait dans la garrigue, et il se cachait pour ce faire. La vérité était que, malgré la scène violente et la raclée reçue dans les ruines de Gorvinetto, malgré la surveillance que depuis, l'usurier ne cessait d'exercer sur Beppina, il espérait toujours la voir venir à la fontaine.

Cette attitude du chevrier attristait d'autant plus l'abbé, qu'elle l'atteignait dans le plus cher de ses rêves. Il commençait, en effet, à discerner de la part de son Vicentino une antipathie naissante à l'égard d'Esperanza.

Sa conviction s'accentua peu après; un jour, que le temps étant trop mauvais pour aller au pacage, il avait décidé Vicente à demeurer à la cure pour y distraire les deux fillettes.

Malgré toutes les gentillesses de celles-ci, et surtout d'Esperanza, il n'était pas avec elles depuis une heure qu'il les rudoyait, les bousculait, et enfin les abandonnait, pour se glisser furtivement vers les appartements contenant les collections archéologiques.

Il s'enferma dans celui où se trouvaient les statuettes et les figurines archaïques les plus rares et les plus précieuses et n'en sortit qu'à la nuit tombante.

Et depuis, chaque fois qu'il venait au presbytère, c'est là que, sous mille prétextes, il allait tout droit et que M. Mattéo le surprenait devant ses plus jolis Tanagras.

La préoccupation et le chagrin que lui causait cette indifférence de Vicente pour Esperanza, étaient tels qu'il en délaissait son travail sur l'Art Ibérique.

Un matin de février, il réfléchissait tristement devant son encrier presque à sec, et le feuillet resté vierge, lorsque Zarcillo, le facteur lui remit une ample missive, dont l'enveloppe portait le cachet de l'Académie. Il la tourna, la retourna dans ses mains et rougit comme un gamin pris en faute.

— Sans doute, ce sont mes honorables confrères qui me rappellent à mes dévoirs, pensa-t-il, en la dépliant, et il ne fut pas étonné d'y lire ceci :

« *Cher et illustre Collègue* (Hum ! Hum ! illustre ! Combien notre vénérable président s'illusionne !)

« Que devenez-vous ? Etes-vous, comme le prétend notre bouillant et charmant ami le général Domenico Calmeron, endormi dans les délices de Ricciola ? Et semblable aux merles qui hantent ses myrtes, ne pouvez-vous vous arracher à votre garrigue embaumée par le renouveau ?

« Les caresses de votre Esperanza vous ont-elles fait oublier le problème de l'Art Ibérique ? Et à contempler ses noires prunelles limpides, vous êtes-vous complètement détourné du regard mystérieux de vos Tanagras ?

« Ou, au contraire, comme je persiste à le croire, préparez-vous dans le silence et la retraite, le travail décisif qui doit convaincre l'Europe entière, glorifier l'antique Ibérie et notre Espagne, et nous réservez-vous pour ce jour-là seulement l'émotionnante surprise de votre visite ?

« De grâce, s'il en est ainsi, n'attendez pas ce jour pour venir au milieu de nous. N'oubliez pas que sans vous, nous sommes comme un corps sans âme. Enfin, cher et illustre ami, je vous dis avec tous mes honorables confrères : « Venez à Grenade, ou nous venons à Ricciola. »

« Votre président dévoué,

« Ramon Saadro. »

Il achevait à peine sa lecture et pris de remords, se jetait, pour continuer son travail, sur la plume et sur son papier qu'il vit arriver Antonio et son fils, plus radieux l'un et l'autre que le soleil du nouveau printemps.

— Cette fois, Monsieur le curé, s'écria Vicente sur le seuil du cabinet, je crois que nous avons trouvé ce que vous cherchez...

Et il sortit d'un sac où elle était soigneusement empaquetée une statuette de femme dont la vue fit tout d'abord pâlir de joie le savant. Il la lui arracha des mains, plutôt qu'il ne la prit, et, le plantant là avec son père, il se précipita comme emporté par un vent de folie dans son cabinet de travail.

Une loupe à la main, ayant pris pour point de repère et termes de comparaison, plusieurs des statuettes qu'il possédait, il se livra, sur la trouvaille de son sacristain, à un examen passionné.

Les deux hommes n'avaient osé le suivre; ils attendaient dans le vestibule, les bras ballants, les prunelles dilatées par la convoitise, le cœur étreint d'anxiété.

Antonio se voyait propriétaire de l'olivette d'Olonso et Vicente rêvait qu'il devenait riche et que l'usurier José Ripas lui accordait la main de Beppina. La joie fougueuse de l'abbé à la seule vue de la Dame avait d'abord lâché bride à leur imagination, et justifié leurs espérances les plus folles.

De longues minutes s'écoulèrent, et ils demeuraient immobiles, les yeux rivés à la porte de ce cabinet de travail d'où allait sortir une nouvelle déception ou bien un sac plein d'écus. Plus se prolongeait l'examen de l'abbé et plus augmentait leur angoisse. Camona qui savait, pour en avoir été souvent témoin, combien bruyante était sa joie aux heures d'importantes trouvailles et combien alors il l'exhalait en éclatants soliloques, augurait fort mal du profond silence qu'il gardait depuis bientôt plus d'une heure.

Il vit devant lui Beppina qui lui souriait avec son sourire plus lumineux que le ciel du cerro (p. 20).

Enfin ils tressaillirent tous deux, car ils venaient de l'entendre murmurer à plusieurs reprises. Ils s'approchèrent à pas de loup de la porte et Vicente dont l'ouïe était était plus fine que celle du sacristain allait appliquer son oreille à la serrure, lorsque la voix de l'abbé claironna plus sonore que le bugle dont il jouait à l'église.

— C'est ça, clamait-il, c'est bien ça, impossible de douter encore sur l'authenticité de cette pièce, tout, au contraire l'indique! l'usure, la vétusté de la pierre, des traces visibles de polychromie un peu criarde, le costume, la facture, la technique de ces plis qui drapent le sein de la dame — car c'est une dame — tout encore une fois dit bien haut que voilà une œuvre d'un archaïsme vraiment artistique. » Il se tut; un silence profond enveloppa le presbytère, dans la garrigue de Ricciola; on entendit vocaliser l'alouette et siffler le merle qui picorait les aigriolles. Antonio et son fils avaient peine à tenir leur joie. Vicente se pencha doucement, regarda par la serrure et ce qu'il vit paracheva son allégresse. L'abbé avait abandonné sa loupe. Les bras croisés, l'œil en feu, il était en extase devant la dame; quand il sortait de sa rêverie, c'était pour la palper, la caresser d'une main tremblante avec des gestes d'amoureux et mille précautions jalouses.

Soudain, il ébranla son bureau d'un coup de poing formidable.

— Oui! oui! clama-t-il, plus de doute. C'est l'aurore de l'Art Ibérique qui luit enfin à mes yeux; c'est bien ainsi que j'avais rêvé les œuvres jusqu'à présent niées et introuvables des premiers maîtres qui, avant le contact de Rome, glorifièrent l'antique Espagne. Que le Seigneur soit loué d'avoir donné à son serviteur cette satisfaction terrestre! »

Et le prêtre ayant repris le pas sur le savant, il quitta son bureau pour son prie-Dieu et s'abîma dans une oraison très longue.

Dans le vestibule, le sacristain et son fils commençaient à s'impatienter. L'âpre désir des écus promis avait pâli leur visage; ils allaient s'enhardir tous deux, frapper à la porte, interrompre la prière de l'abbé, lorsqu'il sortit en coup de vent, et les enlaçant tous deux :

— Ah! mes amis, cria-t-il, que je suis heureux! Avant de vous payer de votre peine, laissez-moi vous embrasser l'un et l'autre. Là, maintenant, dites-moi, était-elle bien profonde en terre la dame? Avez-vous laissé intacte la place où elle apparut à vos yeux?

— Ah! mes amis, mes amis, cria-t-il, que je suis heureux! Avant de vous payer de votre peine, laissez-moi vous embrasser l'un et l'autre. Là, maintenant, dites-moi, était-elle bien profonde en terre la dame? Avez-vous laissé intacte la place où elle apparut à vos yeux?

— Monsieur le curé, répondit Camona, nous avons pioché quinze jours avant d'arriver à elle, car il faut vous dire que depuis la trouvaille de la Vierge dans notre *cerro*, nous n'avons, selon vos conseils, cessé de le creuser d'un bout à l'autre, mais une fois retirée, la dame, nous avons tout laissé en place, sans donner un coup de pioche de plus, notre idée, à Vicente et à moi étant que sous celle-ci il pouvait bien y en avoir d'autres...

— C'est même certain, coupa l'abbé, allons-y.

Les deux hommes eurent un moment d'hésitation et M. Mattéo surprit leur regard avide coulé vers l'armoire où il tenait son argent.

— C'est juste! fit-il aussitôt. Et l'ayant ouverte

il en sortit trois cents douros qu'il aligna sur la table.

Voilà, mes amis, et encore autant s'il y en a une autre au *cerro*.

Antonio fut sur le point de défaillir; Vicente était devenu violet; les mains de tous deux tremblaient à ce point qu'ils eurent peine à fourrer l'argent dans leur poche.

III

PENDANT ce temps, son tricorne en coup de vent, le rabat de travers et sans même quitter ses pantoufles, l'abbé Mattée, dans une exhaltation croissante, courait d'un bout à l'autre du presbytère criant :

Esperenza! eh! Fatime! Graciosa! Antonica! eh! tout mon monde. arrivez vite, vite, attelons Négritta et allons au *cerro* de Notre-Dame d'Albaïcen. Vite, vite, c'est par la bonne Madone, je le crois, que Dieu m'envoie la précieuse trouvaille.

« Oui, mes enfants, plus de doutes, l'Art Ibérique a existé, il ne devait rien à Rome, j'en ai maintenant la preuve; que Dieu soit béni, et l'Espagne glorifiée!... »

De voir ainsi gesticuler et se démener son excellent maître toujours si calme et si digne, et tout à l'heure encore frileusement blotti au coin de l'âtre, de l'entendre vociférer d'inintelligibles paroles, lui qui parlait toujours posément et à voix basse, Graciosa accourue prestement de la cuisine, levait ses deux bras au ciel et ne cessait de répéter sur un ton dolent :

— Per Santos! Per Santos! notre bon curé est devenu fou!

— Allons! bon! Voilà que ça le reprend, cette manie de vieilles pierres, bougonnait Fatime qui, croyant à quelque malheur, était descendue de sa chambre aussi vite que le lui permettait ses rhumatismes.

Les deux fillettes, au contraire, transportées de joie en entendant qu'il s'agissait d'aller au *cerro*, et avec Négritta encore, gambadaient autour de l'abbé, le tiraient par la ceinture de sa soutane :

— Oui! oui! criaient-elles, vite, vite, partons, allons au *cerro* de la Madone nous monterons dans les corbeilles de l'ânesse et cueillerons les premières églantines dans le sentier.

A ce moment Négritta qu'Antonio et Vicente étaient allés sortir de l'étable, ébranlait les murs de la cure de ses braiements les plus sonores, heureuse, elle aussi, après sa longue claustration hivernale, d'aller humer les senteurs printanières de la garrigue et brouter le gramen savoureux dont le soleil avait déjà tapissé le *cerro*.

Cinq minutes après, Esperanza, dans une corbeille, Antonia dans l'autre toutes deux souriant à l'abbé rajeuni d'espérance, l'ânesse s'ébranla doucement suivie par Antonio et Vicente palpant les douros qui tintinnabulaient dans leurs poches.

S'il avait eu sur l'authenticité de la trouvaille le moindre doute, l'inspection des lieux eût suffi pour le dissiper. La terre était creusée à une profondeur de plus de six mètres et la place d'où ils avaient extrait la statue se dessinait avec une précision remarquable. Sur son ordre, les deux hommes, la pioche à la main, descendirent à nouveau dans la fosse et se remirent à fouiller. « Doucement, doucement, mes amis, ne cessait-il de répéter en suivant chacun de leurs gestes, l'œil fiévreux et le cœur battant, vous avez endommagé celle-ci par un coup trop brusque, qu'il n'en soit pas de même, grand Dieu! dans le cas où il y en aurait d'autres.

Au bout de quelques instants, sous la pioche de Camona apparut l'éclat d'une pierre blanche.

— Arrête-toi! arrête-toi! lui cria-t-il, et se débarrassant de sa soutane, la figure soudainement empourprée, il se jeta dans la tranchée avec la légèreté d'un jeune homme; et lui-même, après avoir écarté les pioches, doucement, délicatement, avec autant de pieuse attention qu'il en mettait à manier les Saintes-Espèces, il gratta la terre de ses ongles. Il en sortit bientôt après une statuette de femme, dont par trois fois, oubliant sa dignité sacerdotale et emporté par son enthousiasme d'archéologue il baisa le front pensif aussi pieusement qu'il baisait les pieds de son crucifix d'ivoire. Enfin, sa joie devint du délire lorsque un moment après, la pioche du jeune Vicente ramena à la caresse du soleil une troisième figurine, encore une dame qui comme les deux autres lui sourit de son sourire énigmatique.

— Rien d'étonnant dans cette richesse du lieu, pensait-il en revenant à la cure accompagné des deux hommes qu'il aidait à porter le précieux fardeau, oui, rien d'étonnant, car je l'ai prouvé depuis longtemps, ici-même dans les environs de Ricci, l'antique aïeule de Ricciola, s'élevait avant les Romains un temple de Perséphone, et un autre de la Minerve victorieuse...

Et il se voyait déjà présentant ses trois dames à ses collègues de l'Académie de Grenade et peu après infirmant de la plus éclatante façon devant le monde savant cette opinion injuste et humiliante pour l'Espagne, qu'elle n'avait eu ni art, ni artistes, pas la moindre notion d'esthétique avant l'invasion romaine. Il écrivait enfin une « histoire de l'art ibérique » dont le félicitaient les plus illustres archéologues et qui marquait une époque de cette science...

Tandis que l'abbé marchait silencieux, tout à la magie de son rêve, Camona et Vicente ne pouvant contenir leur joie, chantaient à tue-tête une romancine Castillane qu'ils interrompaient de temps à autre, l'un pour parler à voix très basse de l'olivette d'Alonsi Ropaz qui demain serait sienne, l'autre pour évoquer en pensée sa Beppina.

Et le tiède soleil d'avril mettait dans les prunelles des trois dames ressuscitées, un regard étrange, ouvrait les bourgeons, caressait comme un jeune amant, les premières feuilles timides et ajoutait à l'allégresse débordante des trois hommes la douce gaieté de ses rayons.

A ce moment, parmi les fleurettes embaumées des aubépines bordant la sente où ils cheminaient, un merle — le merle qui tout à l'heure insolemment les frôla de son aile — montra le bout de son bec jaune, jeta sur le bon abbé l'éclat de ses ocelles rouges, et se mit à siffler si fort qu'il couvrit le chant de Vicente et fit sortir M. le curé de sa rêverie profonde.

Camona eut beau tendre vers lui son bâton, et son fils le menacer d'une pierre, il ne voulut point le quitter, et d'aubépin en aubépin, il les accompagna vocalisant et sifflant à pleine gorge jusqu'à la porte du presbytère.

IV

Le dimanche suivant M. l'abbé Mattéo voulut fêter les bienheureuses trouvailles et retint à sa table, dans un dîner familial Antonio, Vicente et les deux enfants.

Toujours hanté par l'idée de marier sa fille adoptive avec le fils de son sacristain, il les mit l'un près de l'autre, et ce lui fut un très grand chagrin de voir encore une fois l'indifférence avec laquelle le jeune chevrier répondait aux plus prévenantes gentillesses d'Esperanza.

On eût dit une mère dont on méprise la fille adorée.

En vain par mille petits moyens s'ingénia-t-il a appeler son attention et sa sympathie sur elle, en vain fit-il mille allusions délicates mais claires au rêve par lui caressé, à la joie qu'il aurait de les voir unis et d'assurer à tous deux leur bonheur, Vicente sembla ne rien voir et ne rien ouïr.

Tantôt les yeux dans son assiette, il mangeait gloutonnement les bonnes choses qu'on lui servait sans plus prendre garde à l'abbé et à Esperanza que s'ils n'eussent pas existé, tantôt le regard perdu dans l'espace et la joue rose il semblait suivre quelque vision lointaine et douce dont son cerveau était hanté.

En vérité, c'était Beppina qu'il voyait, Beppina dont il pourrait un jour demender la main à José Ripas quand il aurait gagné beaucoup d'argent et il espérait bien maintenant en gagner de quoi remplir, comme disait l'usurier, la vieille église de Ricciola.

Le repas fini, M. Mattéo quitta la table légèrement contristé et s'enferma dans son cabinet de travail. Mais devant les trois belles statuettes qui se dressaient sur son pupitre, lui criant bien haut la gloire de sa découverte, cette tristesse ne tarda pas à se dissiper.

— Bah! se dit-il, ils sont encore jeunes l'un et l'autre, et je prierai tant Sainte-Monique, que l'amour enfin leur viendra...

Et il se mit incontinent à rédiger le mémoire triomphateur...

....

Il y consacra deux années pendant lesquelles il passa sa trouvaille au crible de la plus sévère critique. Pendant ce temps il ne souffla mot de son travail à quiconque et veilla à ce que Antonio et Vicente fussent aussi muets que lui.

Le secret fut d'autant mieux gardé par eux qu'en ce laps de temps le sacristain et son fils avaient, à l'insu de tout le village et encouragés par l'abbé, continué leurs recherches dans les ruines et ajouté à sa collection et à ses arguments une douzaine de figurines en tout semblables aux premières.

Enfin, un matin des premières journées de juin, le mémoire se trouvant parachevé, M. Mattéo ordonna à Vicente de seller Négritta, plaça dans une corbeille les plus belles d'entre les statuettes trouvées, fit monter Esperanza dans l'autre, s'assit sur le dos de la bête et on s'achemina vers Grenade.

Le jeune pâtre allant à pied devant eux les dirigeait.

La matinée était de celles qui faisait dire à l'abbé : « Si Jésus-Christ revenait sur la terre, il voudrait vivre en Andalousie. »

La garrigue s'épanouissait au soleil levant dans toute sa gloire printanière. Sous chaque myrte, dans chaque cytise, vocalisaient grives ou merles dont les ocelles pétillants les dévisageaient avec malice; de chaque sillon une alouette bondissait, et, légère, fendait l'azur, puis laissait tomber sur leur tête son trille quelque peu moqueur.

De temps à autre un grand silence se faisait, le Rondinello apaisait son murmure, le merle insolent se taisait et sur la campagne radieuse le rossignol égrenait les perles divines de sa chanson.

On allait au pas menu de l'ânesse qui, de temps à autre s'arrêtait, dressait ses oreilles grises, charmée elle aussi par le renouveau.

Du fond de la corbeille gauche, Esperanza avait beau envoyer à Vicente son sourire le plus gracieux, lui adresser mille gentilles paroles, Vicente restait aussi muet que les carpillons dont on voyait, par intervalles, le dos d'argent étinceler dans le flot clair du ruisselet.

Quant à l'abbé, il ne voyait, n'entendait rien de ce qui se passait autour de lui, et ni la chanson du rossignol, ni les trilles de l'alouette ne parvenaient à le sortir de sa rêverie.

Son esprit était tout entier dominé par la pensée de la joie profonde en laquelle sa découverte et la lecture de son mémoire allaient plonger ses confrères de l'Académie; de plus n'avait-il pas fait le projet de tenter entre Esperanza et Vicente un rapprochement décisif? Il profiterait de sa visite à Grenade pour conduire les deux enfants chez M. Salmos, le bijoutier d'Albaïcin, et leur donnerait à choisir la bague de leurs fiançailles. Le brave homme, naïf en amour, caressait plus que jamais sa toquade. Il avait pleine confiance en un rêve qu'il fit l'autre nuit et dans lequel sainte Monique en personne lui apparut et lui dit : « N'aie crainte, ils se marieront un jour. » Et il croyait à la parfaite réussite de son projet.

Enfin, comme dix heures sonnaient à tous les clochers de Grenade, ils firent leur entrée dans les rues du quartier d'Albaïcin, et cinq minutes après, Négritta heurtait du front la porte de l'Académie qu'elle connaissait depuis si longtemps.

La salle était au grand complet, M. Mattéo ayant quelques jours avant annoncé sa visite par une lettre qui, sans dire la vérité, faisait présager une très importante communication.

Je renonce à décrire l'étonnement et la joie des archéologues grenadins quand, onze heures sonnant, M. Mattéo leur donna lecture de son mémoire irréfutable et décisif. Il faudrait, pour le sentir, posséder l'âme même d'un fier hidalgo et pour le peindre la plume qui écrivit *Gil Blas*.

Qu'il suffise de dire que chaque ligne, chaque mot en fut coupé par des applaudissements frénétiques, par des acclamations enthousiastes et comme on n'en avait jamais entendu en pareil lieu.

Et, lorsque résumant et ramassant dans une péroraison éloquente tous les arguments de sa triomphante et impeccable dialectique il montra — preuves matérielles et indiscutables — les statuettes de Ricciola couchées sur le tapis vert de la table et qui souriaient aux savants de leur sourire énigmatique, il s'écria : « Ainsi, Messieurs, à la gloire guerrière de l'antique Espagne nous pouvons désormais ajouter la gloire plus noble de l'Art. Oui ! nul ne peut aujourd'hui le contester, il y a eu un Art Ibérique avant l'art Ibéro-Romain !

Ce fut parmi ses confrères un véritable délire. Le vieux général Domenico Calmeron quitta sa place, vint donner l'accolade à l'abbé et cria de toute la force de ses poumons : « Vive l'Espagne ! Vive M. Mattéo ! » Le président pleurait de joie dans le gilet du secrétaire perpétuel; et l'on vit Pedro Ramira, un nonagénaire illustre jusqu'alors perclus et qu'on amenait aux séances dans une petite voiture, s'élancer de son fauteuil avec la légèreté d'un étudiant et se précipiter vers les dames exhumées des ruines de Ricciola et qui continuaient à sourire sur le tapis vert.

Tous les académiciens l'imitèrent, et debout, se bousculant comme des gamins autour de la table ils les caressaient de leurs petites mains parcheminées, aussi amoureusement que s'ils eussent palpé la chair adorable d'une maîtresse.

Une heure après, quand il sortit de l'Académie, accompagné de ses collègues dont les félicitations enthousiastes ne tarissaient pas. M. Mattéo s'aperçut qu'Esperanza seule était là. Comme à la foire de Gorvinetto, sans mot dire, Vicente s'était éclipsé l'abandonnant en compagnie de Negritta.

Ce que voyant l'abbé sentit un peu de sa grande joie s'envoler et il n'entra pas.

Un quart d'heure après comme il traversait le quartier d'Albaïcin pour regagner le chemin de Ricciola il aperçut devant la boutique de Juanita Freros, la belle fleuriste grenadine, le fils de son sacristain ayant à son bras la fille du richissime usurier à laquelle il offrait un superbe bouquet de roses-thé.

Beppina prenait les fleurs et, avec une grâce mutine, en épinglait une dans ses cheveux noirs.

L'abbé tressaillit, se frotta plusieurs fois les yeux pour s'assurer qu'il ne rêvait pas et crut reconnaître dans le visage de la jeune fille une ressemblance que, malgré un pressant appel à ses souvenirs, il ne réussit pas à préciser.

Alors, se tournant vers son enfant d'adoption, il vit une larme perler au bout de ses cils.

V

Huit jours après, ainsi qu'il avait été convenu, la plupart des membres de l'Académie andalouse, président en tête, s'en vinrent à Ricciola pour visiter le *cerro* désormais célèbre et se rendre compte de l'état des fouilles poursuivies avec la plus grande ardeur par Antonio et son fils.

Avec les douros de l'abbé ceux-ci non seulement avaient acheté la garrigue entière pour s'isoler dans leur travaux, mais s'étaient fait construire non loin des ruines une jolie maisonnette recouverte d'une toiture écarlate et dont les volets furent peints en vert éclatant. Il vivaient là tous les deux, laissant Graciosa au presbytère, sortaient rarement pour aller au village et passaient le jour et la nuit, surtout la nuit à fouiller dans les fondements des ruines autour desquelles ils avaient dressé une formidable clôture.

Malgré le silence gardé par eux et par l'abbé, depuis la séance de l'Académie, le bruit de leurs surprenantes trouvailles s'était répandu un peu partout dans la vallée du Rondinello; et de Gorvinetto, de Vanamilla, d'Estrade, de tous les villages et hameaux disséminés dans la campagne grenadine, on accourait pour voir les mystérieuses statues.

La plupart de ces curieux, pacants et rustres, s'extasiaient devant la beauté de ces antiques figurines, mais esquissaient un sourire malicieux et sceptique quand on leur disait que c'étaient là figurines des dieux et déesses des temps païens.

Santos ! Santos ! des saints ! des saints, répondaient-ils en montrant la vieille chapelle et ils citaient d'autres endroits de la vallée où, par des pâtres et des laboureurs furent faites des découvertes semblables.

Désormais, pour les paysans grenadins, la garrigue de Camona s'appela le *Cerro dellos Santos*, et autour d'elle les curieux continuèrent à rôder de plus en plus.

C'est que les écus dont on savait que l'abbé paya chacune de ces figurines avaient, tout en provoquant des railleries, éveillé bien des jalousies et des convoitises.

Et c'est pourquoi Antonio et Vicente surveillaient d'un œil défiant les moindres gestes de tous ceux qui s'empressaient aux alentours de la clôture.

La nouvelle que les plus illustres savants de Grenade allaient venir pour visiter les fouilles du *cerro* avait couru dans les villages et une foule de pacants s'étaient répandus dans la garrigue quand ces messieurs y arrivèrent accompagnés par l'abbé Mattéo.

Comme lui, ils s'étonnèrent des richesses archéologiques demeurées pendant si longtemps inconnues et cachées sous ces ruines jusqu'alors insignifiantes et comme lui ne doutèrent plus que bien des siècles avant l'ère chrétienne un temple important fût dressé là à Junon ou à Perséphone.

Au comble de l'enthousiasme, ils achetèrent à

prix d'or celles des figurines exhumées récemment par Antonio et Vicente, et à l'unanimité décidèrent que celles dont ils feraient encore la découverte seraient acquises pour le compte du grand musée de Grenade et payées plus cher encore.

On pense avec quelle ardeur le sacristain et son fils se mirent aussitôt à la besogne et leurs trouvailles continuèrent à dépasser les espérances des archéologues.

Ce fut parmi les savants espagnols un irrésistible engouement, et une fois les musées garnis, ils se disputèrent les statuettes du cerro pour leurs collections particulières.

Une véritable pluie de douros tomba sur Antonio et Vicente.

Le bruit de cette fortune ainsi soudainement échue à l'une des familles les plus misérables de la vallée se répandit rapidement, et l'exagération populaire aidant, on ne tarda pas à affirmer qu'avec leurs poupées les deux hommes avaient, en moins de deux ans, placé cent mille francs dans leur coffre.

Ce n'est pas tout. La plupart des gazettes espagnoles ayant parlé de leurs trouvailles, cité leurs noms et même publié les photographies, ils devinrent célèbres dans la province.

Dès les premières rumeurs, José Ripas, l'usurier de Gorvinetto avait dressé les oreilles; puis, peu à peu, il changea d'attitude envers sa fille.

Depuis le jour où, prévenu par Pedro Manacel, il avait surpris Beppina en rendez-vous avec Vicente dans les ruines, il n'avait cessé de lui rendre la vie pénible. Il la semonçait, la rudoyait pour une vétille, la confinait à la maison et surveillait chacun de ses gestes. De son côté, sa femme ne perdait aucune occasion de dire devant elle autant de mal qu'elle pouvait d'Antonio Carmona et de sa famille.

Les pires gueux du pays! clamait-elle. Le père, un ivrogne, un espèce de fou qui se croit prince! La mère, une domestique grossière qui sent encore la bergerie! Quant à leur fils Vicente, un bohémien, un de ces pâtres pour rire qui, sous prétexte de garder quelques maigres chèvres, dévalisent fermes et granges de la plaine! Des gens qui, sans l'aide de M. le curé de Ricciola, n'auraient ni de quoi manger un morceau de pain, ni de quoi s'acheter des hardes... Et dire, concluait-elle, avec un regard mauvais vers sa fille, que cette bestiole à qui reviendra notre fortune s'est amourachée du rejeton de cette gueusaille et qu'elle ne daigne même pas regarder son cousin Galvados de Vanamilla, qui la veut et lui apportera au jour de ses noces plus de cent mille pesetas.

Sans doute Beppina aurait pu répondre que son cousin était aussi malingre et laid, que Vicente était robuste et joli garçon, mais elle se gardait bien de souffler mot, courbant la tête, sûre qu'à la moindre riposte une paire de maîtresses gifles s'abattraient sur ses deux joues. Elle se contentait de pleurer, une fois seule et de penser à son ami, aux heures si douces passées ensemble à la fontaine d'Orrentino, tandis que les merles chantant dans les myrtes, elle regardait ses doigts agiles sculpter le tronc des vieux hêtres.

Mais voici qu'un jour, aux marchés de Gorvinetto, José Ripas entendit les gens de Ricciola raconter les merveilleuses trouvailles faites par Vicente et par son père dans les ruines de leur garrigue et les prix d'or auxquels M. Mattéo et les savants de Grenade en avaient fait l'acquisition.

Dans un café d'Albaïcin, il vit leurs portraits comme s'ils eussent été des personnages importants de Grenade. Ce soir-là en rentrant chez lui, pour la première fois depuis longtemps, il fit risette à sa fille, parla du sacristain et de son fils en termes élogieux et amicaux qui mirent la rose du bonheur au front de Beppina... A partir de ce moment, il en fut ainsi chaque jour. Non seulement on ne la surveilla plus, mais il ne se passait pas de semaine sans que son père et sa mère ne l'envoyassent, sous prétexte de commissions, vers les garrigues de Ricciola. Et ce fut un grand bonheur pour Vicente de la trouver un beau matin assise à la fontaine d'Orrentino, où il n'avait cessé de venir pour mieux rêver du bonheur passé.

Enfin les choses marchèrent si bien de part et d'autre que quelques semaines après dans la vallée, le bruit courut des fiançailles prochaines de Beppina Rosas, la fille du richissime usurier, avec Vicente, le fils du sacristain Camona.

Cette rumeur parvint jusqu'à M. Mattéo qui en fut profondément attristé, et peu après, son chagrin fut plus vif encore, en apprenant que les promesses avaient été solennellement échangées devant la statue de la madone à Notre-Dame d'Albaïcin. Malgré tout cela, le saint homme continua de croire plus ardemment que jamais à la réalisation de son rêve. Il avait tant prié sainte Monique et la Vierge. Il avait fait tant de vœux à cette intention, dit tant de messes, qu'il ne pouvait en être autrement.

Pourtant à quelques jours de là, passant dans la garrigue aux environs d'Orrentino, il surprit Vicente et Beppina, enlacés et parlant d'amour, comme deux fiancés bien épris. Il se sentit l'âme poignée. Il connaissait fort peu Beppina, car le vieux Ripas ne mettait jamais les pieds dans l'église et en tenait les siens éloignés. Aussi fut-il frappé de sa beauté et obligé de convenir qu'elle égalait celle de sa fille adoptive.

Et à la tristesse qu'il en ressentit, s'ajouta un trouble profond déjà éprouvé à Grenade, de certaine ressemblance très vague du visage de Beppina avec une créature connue de lui et dont, malgré ses efforts il ne pouvait ni se remémorer le nom, ni préciser la figure. Le soir de ce jour, à son retour au presbytère, son chagrin frappa tout le monde. Ce fut à peine s'il toucha au plat de garbanzo (1), son mets favori; et quand Esperanza lui servit son café avec ses câlineries coutumières, elle vit, non sans un étonnement douloureux, les yeux du vieillard longuement se poser sur elle et une grosse larme perler au coin de chaque paupière.

---

(1) Gros pois chiches.

VI

Cependant la nouvelle de la fameuse découverte ne tarda pas à se répandre dans les provinces et jusque dans la capitale de l'Espagne où, aussi vive qu'à Grenade, fut la joie des archéologues, doublement flattés dans leur amour-propre de patriotes et de savants.

A partir de ce jour, le courrier de M. l'abbé Mattéo devint non moins volumineux que celui de son archevêque. De tous les points de la péninsule lui arrivaient des télégrammes chaleureux, des missives enthousiastes, dont quelques-unes étaient de véritables dithyrambes. On lui prodiguait en *issimo* les épithètes élogieuses du vocabulaire espagnol. L'un de ses correspondants, un numismate de Séville, l'appelait le Christophe Colomb de l'archéologie ibérique.

L'humilité du bon curé passa par de bien rudes épreuves, auxquelles il se reprochait de n'avoir pas opposé toute la résistance désirable.

Lorsqu'à la tombée du jour, il revenait de l'Académie de Grenade, où il se rendait deux fois par semaine, tandis qu'autour de lui le silence apaisant du crépuscule envahissait la campagne, l'exhortant au recueillement, que sous ses pieds les alouettes s'envolaient en jetant vers le ciel leur chanson qui est la prière du soir de la Terre, il sentait un léger remords frôler son âme de prêtre comme les rayons du soleil mourant frôlaient autour de lui la campagne.

« Encore aujourd'hui, se disait-il non sans amertume, malgré la résolution de ce matin, tu as commis le péché d'orgueil, tu as offensé le Seigneur en prenant un trop vif plaisir aux compliments de tes collègues. Tu as encore une fois oublié que tu n'es pour rien dans la découverte, que tu fus seulement l'humble instrument dont Dieu daigna se servir pour glorifier ta Patrie et la Science. Mattéo! Mattéo! prends garde! Pour nous induire au péché, les ruses du Malin sont innombrables! »

Et pendant tout le restant du chemin, il récitait à haute voix, le *Confiteor* et arrivé au *mea culpa*, se frappait si fort la poitrine, que les merles effrayés s'envolaient des buissons, égrenant sur sa tête et derrière lui les perles de leur rire sonore.

Il faisait toujours ce voyage, monté sur l'ânesse et en compagnie d'Esperanza qui, par l'exubérance de ses quinze ans, égayait la monotonie de la route. Depuis longtemps, elle ne montait plus dans les corbeilles, car Négritta, devenue quelque peu poussive avec l'âge, se fatiguait à la porter. Elle allait au contraire devant, à droite, à gauche, fouillant les buissons pour épier les oiselets à la nichée, poursuivant les libellules, picorant les mûres des haies.

Et son babil était plus doux aux oreilles du bon curé que la chanson de l'alouette.

Le matin, à leur départ, ou le soir à leur retour, si l'*Angelus* des clochers voisins les surprenait pendant la route, en bête pieusement dressée, Négritta s'arrêtait soudain; l'abbé mettait pied à terre et, à côté d'Esperanza, s'agenouillait devant une de ces nombreuses croix de pierre ou de bois qui bordent sentiers et chemins dans la campagne andalouse.

L'*Ave Maria* récité, tandis que M. Mattéo y ajoutait un *De Profundis* pour les âmes du purgatoire, la fillette ne manquait jamais de murmurer la prière qu'il lui avait apprise dès qu'elle avait commencé de parler :

« Mon Dieu, veillez sur mon père et ma mère! Que votre bonté leur ouvre les portes du Ciel, afin que n'ayant pu les aimer en ce monde, je puisse les chérir dans l'autre éternellement. »

Et en sa sainte naïveté le vieillard lui faisait toujours ajouter :

« Ne méprisez pas votre servante, Seigneur, et choisissez vous-même celui qui doit la soutenir et l'accompagner en ce terrestre pèlerinage. »

Jusqu'à cette heure, chaque fois qu'Esperanza récitait le premier verset, une larme mouillait ses yeux et sa voix tremblait quelque peu, tandis qu'elle disait le second très vite, sans en comprendre le sens et comme sans y prendre garde.

Or, voici que depuis quelque temps l'abbé avait remarqué que c'était presque le contraire. Sans doute, elle s'attendrissait encore à la pensée de ceux qu'elle eût beaucoup aimé si elle avait eu le bonheur de les connaître, mais une pâleur subite couvrait son visage quand elle parlait à Dieu de celui qui devait être le soutien et le compagnon de son existence.

La prière dite, elle ne courait plus comme jadis sur la route, ne fouillait plus les buissons, ne picorait plus les prunelles et laissait même les libellules se poser sur ses boucles brunes.

La main à la bride de Négritta, elle marchait silencieuse et la chanson de l'alouette caressait la mélancolie de son rêve.

Et le vieillard de saluer avec une émotion mêlée de tristesse cet éveil de l'amour d'un cœur qu'il savait innocent et pur comme les palombes grenadines.

« Quel est celui, se demandait-il alors non sans inquiétude, vers lequel iront les premières aspirations de sa jeune âme? »

Et maintenant il se sentait pris d'un trouble profond semblable au remords, craignant et désirant à la fois que ce fût Vicente.

Un jour d'avril, à leur retour, ils s'attardèrent un peu plus que de coutume. L'abbé, ce jour-là, avait oublié ces préoccupations attristantes. Une grande joie le tenait car, le roi qui visitait en ce moment l'Andalousie était venu à l'Académie et avait assisté à la séance. Il l'avait chaudement félicité de sa découverte si honorable pour la patrie et qui continuait à mettre à l'envers toutes les têtes espagnoles.

Avec une bonne grâce touchante, le souverain avait souri à la fillette, lui avait pris les deux mains, s'était enquis de son sort et avait remis au bon curé mille pesetas pour ses pauvres.

De tout cela, autant que lui exultait Esperanza, et ils babillaient gaiement en cheminant côte à côte.

A ce moment l'*Angelus* sonna dans un hameau du voisinage. Comme toujours, ils s'agenouillaient aussitôt devant une antique croix couronnée de lierre et de houx et à moitié perdue dans les ronces.

M. Mattéo commença la salutation angélique. Esperanza fit sa prière habituelle : « Ne méprisez pas votre servante, Seigneur, et choisissez vous-même celui... »

Elle n'acheva pas. Les yeux fixés devant elle, elle fut sur le point de défaillir et devint très pâle. L'abbé suivit son regard, et, dans la profondeur du fossé il aperçut, abrités par l'épais buisson, Vicente et Beppina.

Ne se croyant vu de personne, ils se bécotaient amoureusement et ils parlaient avec tendresse de leurs prochaines épousailles.

Pas un de leurs propos n'échappait au vieillard et à la fillette.

— Alors, ma Beppina, c'est pour dans quelques semaines nos épousailles ? ne cessait de répéter le chevrier entre deux baisers.

— Mais oui, Vicentino, balbutiait la promise, dont le bonheur rosait le front et avivait plus encore le noir éclat de ses prunelles virginales.

— Et tu ne prévois pas d'empêchement ni d'anicroche de la part de ton cousin Galdos de Vanamilla ou de ce malandrin de Manacel, à qui un beau jour je tirerai les deux oreilles ?

— Mais non, mais non, mon Vincent, Galdos ne pense plus à sa cousine; quant à Pedro, voici bientôt plus d'un mois que je n'ai vu sa figure. D'ailleurs ajouta-t-elle, en baissant les yeux sous l'ardent regard de son novi, nous pouvons dormir en paix puisque les miens ont consenti à nos accordailles devant l'autel de Notre-Dame.

— C'est vrai, mais ton père ne fréquente pas beaucoup les églises et bien des fois j'entendis notre bon curé, M. Mattéo, le traiter de mécréant.

— Sans doute, Vicente, mais si mon père n'est pas dévot, ma mère, je crois bien, ne permettrait jamais qu'on viole une promesse faite à la Madone.

— La Vierge elle-même t'entende Beppinetta, conclut Vicente sur un baiser plus tendre encore.

Alors, l'abbé, voyant la pauvre Esperanza aussi blanche que les pâquerettes du gazon et sur le point de se laisser choir sur l'herbe, toussa fortement et les deux amoureux se turent. Puis, se sentant épiés, sans même détourner la tête, ils gagnèrent la sente la plus rapprochée et disparurent vers Gorvinetto.

Sous leurs pas, une alouette effrayée s'enleva et il sembla à l'abbé et à sa fille adoptive, qu'au lieu de son alerte vocalise, c'était un sanglot qui tombait sur la vallée silencieuse.

VII

A ce point importante était la trouvaille de l'abbé qu'elle franchit peu après la péninsule et se répandit en Europe. Si elle ne rencontra partout autant d'enthousiasme qu'à Madrid et à Grenade, elle n'en fut pas moins sérieusement discutée au sein des Académies et Sociétés savantes. Les plus graves revues d'épigraphie et d'archéologie lui consacrèrent de longs articles d'exégèse et le mémoire de l'abbé Mattéo fut traduit dans toutes les langues du monde.

Admises par beaucoup, surtout en Allemagne, tant les arguments paraissaient sérieux, les conclusions du curé de Ricciola trouvèrent cependant quelques incrédules et plus particulièrement parmi les archéologues de France.

Leur doyen, M. Bourdeley, de l'Institut, dont l'autorité était immense, alla même jusqu'à insinuer dans le vénérable *Journal des Savants*, que les *Dames de Ricciola* pourraient fort bien être apocryphes.

Du coup Madrid se mit à bouder Paris, et le vilain mot de jalousie voltigea sur bien des lèvres madrilènes.

Or, voici qu'au commencement de l'année suivante, eut lieu à Berlin le VIIe Congrès international d'archéologie, d'épigraphie et d'histoire.

Il va sans dire que la question toujours palpi-Ricciola fut inscrite en tête des plus importants problèmes qui devaient y être discutés. A cette occasion, M. l'abbé Mattéo reçut de la Société archéologique de Berlin une invitation spéciale.

On pense s'ils furent nombreux, les savants espagnols qui tinrent à honneur d'accompagner leur illustre compatriote.

Dans une des réunions générales à laquelle assistaient les archéologues les plus éminents d'Europe, le curé de Ricciola, avec une dialectique plus serrée, une abondance plus grande de preuves, une éloquence plus chaleureuse encore qu'à Madrid et à Grenade développa son mémoire, en même temps qu'il montra les anciennes et les plus caractéristiques des nouvelles pièces trouvées au cerro de Camona. Enfin, il conclut avec tant de précision, que son succès fut presque aussi considérable.

Les plus récalcitrants se déclarèrent convaincus, sauf les membres de la délégation française qui, par la voix de leur président, M. Bourdeley, maintinrent leurs réserves après avoir développé leurs doutes.

Les conclusions de M. l'abbé Mattéo de lo Trida y Verdago n'en furent pas moins adoptées à l'unanimité, moins les quatre voix françaises.

Ce que voyant les délégués allemands, et à leur tête le professeur von Kirschbach, l'illustre doyen de l'Université berlinoise, décidèrent en séance de commission qu'un certain nombre des statuettes trouvées à Ricciola seraient achetées aux frais de la Société archéologique et figureraient au musée de Berlin comme à celui de Grenade et de Madrid, dans une salle spéciale.

En apprenant toutes ces nouvelles, l'enthousiasme des savants espagnols fut à son comble, et dès son retour en Andalousie, M. l'abbé Mattéo fut de leur part l'objet d'ovations sans nombre.
fut de leur part l'objet d'ovations sans nombre.

Emporté par le courant, il ne fit rien cette fois pour s'y soustraire. Depuis longtemps, hélas ! le diable guettait le saint homme, espérant bien qu'un jour viendrait où, grâce à l'orgueil du savant, il vaincrait la profonde humilité du prêtre. Pour assurer cette victoire à laquelle il tenait beaucoup et qu'il savait difficile, il ne manqua pas, le malin, de mettre en avant le sentiment du patriotisme si puissant dans l'âme espagnole.

Ses scrupules et ses remords ainsi endormis, l'abbé prit donc une joie trè vive à l'enthousiasme que son arrivée souleva parmi ses compatriotes. Complaisamment, il se prêta à toutes leurs manifestations chaleureuses. Il en oublia même sa petite paroisse de Ricciola, et, chose inouïe ne pensa plus aux amours de sa fille adoptive. Il accepta sans hésiter les titres, les décorations de toutes sorte dont le comblèrent à l'envi le gouvernement espagnol et les universités étrangères, en exhiba finement les insignes dans les solennités publiques; lui qui, jusqu'alors, n'avait même pas voulu accepter la présidence de l'Académie de Grenade, qui dissimulait avec soin sa noblesse, signant simplement abbé Mattéo, se fit par le plus habile graveur de la ville composer des cartes où on put lire en belle cursive :

M. L'ABBE MATTEO DE LA TRIDA
Y VERDAGO

membre de l'Académie de Grenade
et de Madrid,
de l'Institut impérial de Berlin,
de l'Académie royale de Londres,
de la Société des sciences de Vienne,
de Rome, de Copenhague, etc., etc.
Commandeur de l'ordre d'Isabelle la Catholique
de l'Aigle noir, de la couronne d'Italie,
du Christ de Portugal, etc., etc., etc.

Enfin lui qu'on n'avait jamais vu dans un salon, qui fuyait le monde, n'allant à la ville que pour ses affaires, accepta avec bonheur d'assister à la soirée que le roi lui-même voulut donner en son honneur dans son palais de Grenade.

Il va sans dire qu'elle fut superbe, pleine d'entrain et de gaieté. Toutes les illustrations de la péninsule s'étaient rendues à l'invitation royale, le corps diplomatique y était venu au grand complet, et, dès le début, on remarqua la froide politesse du souverain à l'égard du représentant de la France et l'amabilité dont il entoura l'ambassadeur d'Allemagne.

L'Espagne boudait de plus en plus sa voisine. Vers la fin de cette mémorable soirée, tandis qu'en un toast suprême, les savants espagnols buvaient à la gloire de l'Art Ibérique et à son inventeur, illustre, on vint prévenir M. l'abbé Mattéo que le fils de son sacristain demandait avec insistance à le voir pour lui dire quelques paroles.

Il prit congé aussitôt et trouva Vicente tremblant, les yeux mouillés et affalé sur un banc dans le corps de garde.

— Vite! vite! M. le curé, sanglota-t-il dès qu'il put le voir, mon père se meurt et peut-être il est mort à cette heure...

Et d'une voix brisée il raconta que le vieux Antonio avait fait ce matin même une chute dans le trou le plus profond du *cerro*.

— Vite! vite! M. le curé, répétait-il, le médecin vient de nous dire qu'il n'en avait pas pour longtemps, et depuis qu'il a repris sa connaissance, mon pauvre père ne cesse de vous réclamer pour les sacrements.

Sans même prendre le temps d'endosser sa cape, et bien que la nuit fût un peu fraîche, l'abbé monta dans le char-à-bancs qu'avait amené Vicente, et au galop de la haridelle, ils se dirigèrent vers le village.

Devant eux, à l'horizon de la campagne grenadine, la lune naissante se balançait sur les bois qu'elle éclairait de sa lumière vaporeuse; Sirius plantait son clou d'or à la cime des Tours vermeilles, et des platanes remués par une brise caressante tombaient des roucoulements de palombes.

Après l'atmosphère surchauffée du palais, M. Mattéo prit un vif plaisir à sentir la fraîcheur nocturne; ce lui fut une grande joie après les éloquences sonores d'ouïr le murmure des ruisselets vagabondant au clair de lune, et il se complut à reposer dans la douceur du ciel andalou son regard fatigué par l'éclat des lustres.

Depuis plus d'un mois que durait la bataille scientifique, c'était le seul moment où il pouvait se recueillir et faire un de ces examens de conscience sans lesquels, jusqu'à cette époque troublée, il n'avait jamais clos sa journée, si remplie fût-elle.

Et il sentit un premier remords frôler son âme.

Les sanglots étouffés de Vicente fouettant la bête à tours de bras achevèrent de le ramener des âges lointains d'abord, puis des splendeurs royales, où il vivait à la réalité de l'heure. Et son remords devint plus violent à la pensée que par sa faute peut-être, son sacristain, Antonio Camona, à qui il devait tant de son triomphe, mourrait sans les secours de son ministère.

Cette première angoisse de sa conscience réveillée fut poignante :

— Vite! vite! mon bon Vicente, fit-il, étreint par la peur de ne pas arriver à temps, ta mule va comme une tortue.

Et saisissant lui-même les rênes, il la cinga d'un coup de fouet en murmurant une oraison jaculatoire.

VIII

Antonio Camona respirait encore quand l'abbé entra dans sa chambre.

Dès qu'il aperçut sa soutane, un peu de roseur vint à ses joues blêmes, et il eut même assez de forces pour se dresser sur son séant.

En son âme de vieil Espagnol, malgré tout dévot, il avait eu un moment d'épouvante de trépasser sans confession et il s'était déjà vu mis en broche par une demi-douzaine de démons et grillant sur un tas de braise dans les profondeurs de l'enfer.

Quand l'abbé, bouleversé par cette catastrophe imprévue, lui prit doucement la main, un sourire erra sur ses lèvres déjà crispées par l'agonie.

— Il n'y a pas une minute à perdre, monsieur

le curé, fit-il, je sens bien que je suis fini et que j'aurai juste le temps de laver mon âme et de recevoir l'absolution.

Et prudemment, laissant pour la fin les peccadilles, il commença sa confession par les péchés les plus sérieux, afin d'en être délivré si la mort ne le laissait pas achever.

Un certain saucisson volé dans la cuisine du presbytère et, chose plus grave, mangé par lui un vendredi, fut le premier aveu qui sortit de ses lèvres blêmes. La dernière partie de sa faute en effet devait lui paraître énorme, car il tremblait en la disant; puis ce fut le tour des jurons, des blasphèmes, dont, en bon Espagnol, il agrémenta son langage, sa vie durant, des burettes soigneusement vidées en servant la messe et surtout des nombreuses bouteilles de Malaga et d'Alicante dont il soulagea la cave du bon curé, tous péchés que dans sa conscience de sacristain, il considérait comme mortels.

— Au fond, se disait l'abbé en l'écoutant, son ivrognerie mise à part, j'avais pour me servir à l'église un très brave homme qu'il me sera peut-être difficile de remplacer.

Et pensant à ce qu'il lui devait de son triomphe scientifique, il se préparait à lui donner l'absolution et cherchait les plus réconfortantes paroles pour adoucir et consoler ses derniers moments, lorsque ayant repris haleine, Antonio poursuivit :

— Maintenant, mon bon M. Mattéo, puisque Dieu m'en donne le temps et afin de me présenter devant lui pur et net comme l'enfant qui vient de naître, je vais vous dire tous les petits péchés que j'ai commis dans ma vie et dont j'ai gardé souvenance.

— Très bien! mon fils, et le Seigneur, soyez-en sûr, vous saura gré de remplir ainsi le suprême instant que sa bonté vous accorde.

Et le moribond commença :

— Mon père, j'ai été souvent distrait en servant la messe.

— Cela m'arrive en la disant, faisait l'abbé, en manière de réconfort.

— Maintes fois je me suis endormi au prône.

— Je prêche si mal! mon enfant.

— Sans compter les jours où la paresse m'empêcha de sonner l'*Angelus*.

— Les bons chrétiens n'ont pas besoin d'entendre les cloches pour se recueillir.

— Enfin, je vous ai vendu les dames du *cerro* comme si mon fils et moi les avions trouvées, alors que Vicente seul les fabriqua de ses doigts habiles...

— Que dis-tu là, malheureux? clama l'abbé en bondissant sur sa chaise et soudainement devenu plus pâle que le moribond.

Abasourdi par cette explosion inattendue de son maître si débonnaire, le pauvre Camona faillit rendre l'âme du coup.

— Mais mon brave M. Mattéo, eut-il la force de répondre, quel mal y avait-il à cela? Est-ce que les poupées façonnées par mon Vicente n'étaient pas, tout en leur ressemblant, cent fois plus belles et mieux faites que celles à vous vendues pas un tas de chenapans et d'exploiteurs, dont le seul mérite fut de les avoir trouvées dans la terre? N'aviez-vous pas, par exemple, payé cent écus à ce bandit de Manacel des poupées qui n'avaient qu'une jambe ou qu'un bras, tandis que les nôtres...

— Malheureux! Malheureux! ne pouvait que répéter l'abbé, affalé sur sa chaise, les bras ballants, dans une une consternation indicible.

Et pendant que le sacristain, à qui le désir de se justifier donnait des forces, continuait à lui démontrer la supériorité de ses figurines sur les autres, il voyait, comme dans un éclair, s'effondrer tout le savant échafaudage de son *mémoire*, et ses conclusions s'évanouir au vent de cette supercherie dont les auteurs ne pouvaient comprendre les conséquences.

— Malheureux! Malheureux! que ne te confessais-tu de cela plus tôt, avant mon départ pour l'Allemagne! parvint-il enfin à lui dire.

— C'est donc un péché mortel? sanglota Camona au comble de l'épouvante.

— Tiens, répondit M. Mattéo, incapable de se contenir plus longtemps, tu mériterais de mourir sans absolution et d'aller tout droit dans les profondeurs infernales.

Les traits défigurés du sacristain prirent une telle expression de désespoir qu'il regretta tout aussitôt son mouvement de colère, en demanda

L'amour n'avait pas peu contribué à faire du jeune chevrier un artiste si habile que tous les savants d'Europe s'y étaient avec lui trompés (p. 33).

pardon à Dieu dans une oraison jaculatoire, et, imposant silence au savant déçu, il n'y eut en lui que le prêtre écoutant la confession de l'agonisant.

— Mon enfant, fit-il d'une voix plus douce encore qu'avant, certes oui, ton péché fut grave, mais le regret que tu en témoignes aujourd'hui te vaudra le pardon de Dieu comme pour les autres.

Et il voulut avant de l'absoudre se faire conter par le menu l'incroyable supercherie dont il avait été victime, mais l'infortuné sacristain n'entendit pas les dernières paroles consolatrices. Ses oreilles violettes où bourdonnaient les bruits ultimes de l'agonie ne saisirent que le mot enfer. Alors se croyant irrémédiablement damné par le prêtre, il poussa une telle clameur d'épouvante que sa femme et Vicente en pleurs dans la chambre voisine, ouvrirent violemment la porte et se précipitèrent à son chevet pour lui donner le dernier baiser. Lui aussi, M. Mattéo, croyant au râle suprême, se dépêcha de réciter les paroles sacramentales : « *Ego te absolvo...* » Mais Camona, au contact des siens, ouvrit encore une fois les yeux, et comme si enfin il comprenait le désir qu'avait son maître de tout savoir, et l'impuissance où il se trouvait de tout lui dire, il tourna vers son fils sa prunelle atone :

— Vicente! Vicente! murmura-t-il, nous sommes tous deux de bien grands coupables. Je ne me sens plus assez de force pour confesser d'un bout à l'autre notre péché, parle à ma place, parle, Vicente, dis à notre bon maître pourquoi et comment nous l'avons trompé et n'oublie rien, afin qu'il puisse arracher mon âme aux griffes du diable.

Alors Vicente, qui, dans la proche chambrette, n'avait rien perdu de la confession de son père et des paroles terribles par lesquelles monsieur le curé, si indulgent et si bon, avait accueilli l'aveu de leur tromperie jusque-là pour lui aussi innocente, Vicente dont l'âme avait été dès lors aussi angoissée et le visage aussi pâle que celui de l'agonisant, prit sa tête entre ses deux mains et s'agenouillant au bord du lit, donna libre cours à ses larmes.

— Maître, maître, sanglota-t-il, de grâce, pardonnez à mon vieux père Antonio ouvrez-lui les portes du ciel, car le vrai coupable du crime ce n'est pas lui, mais bien moi.

Et d'une voix brisée par les affres de l'agonie paternelle autant que par son propre remords, il raconta comment, pour la première fois, l'idée de la tromperie lui était venue le jour où, devant lui, l'abbé avait payé cent écus une mauvaise poupée de rien du tout à Pedro Manacel, le berger de Gorvinetto; comment, sans en rien dire, d'abord à son père, lui, Vicente, qui déjà s'entendait à sculpter avec la pointe de son couteau des chiens, des chats et autres animaux sur des cannes, voire même des madones dans les vieux arbres, s'appliqua davantage à cette besogne, comment sa résolution définitive fut prise de mettre à profit ce talent, le matin où, lui ayant apporté la vierge grossière trouvée par eux dans leur garrigue, monsieur le curé leur montra les figurines de ses armoires en leur disant : « Trois cents douros pour chacune de ses semblables. »

Dominé par la honte de sa faute dont maintenant à la tristesse navrante de l'abbé, il comprenait toute la grandeur, à voix plus basse il narra comment dès lors il avait pu de loin en loin aller à la ville prendre secrètement des leçons chez Juan Lartijo, le vieux sculpteur de madones, et comment aussi il s'était procuré des modèles parmi les plus jolies statuettes de ses vitrines... Et puis, ajouta-t-il, le rouge au front, n'avais-je pas ma Beppina! Enfin, après six mois de travail, je réussis à imiter vos figurines au point que mon père, encore ignorant, fut le premier à s'y méprendre. Au commencement de l'hiver, tous deux nous creusâmes profondément le sol du *cerro*, à l'endroit même où la vierge fut découverte, nous y enfouîmes les statuettes déjà fabriquées pour les en tirer le jour qui nous paraîtrait convenable...

A ce moment du récit, l'agonisant de plus en plus livide eut un soubresaut, ses prunelles se dilatèrent comme devant une terrifiante vision que ses mains crispées tentaient d'éloigner et on l'entendit murmurer : « L'enfer!! le diable!!... »

En proie à la plus violente émotion, l'abbé ouvrit la bouche pour le consoler, lui répéter les réconfortantes paroles, mais sa voix se perdit dans les sanglots de Vicente.

— Non! non! maître, ce n'est pas lui le coupable; non! ce n'est pas lui qui a mérité l'enfer, c'est moi qui dois y aller à sa place.

Et afin que son aveu fût plus complet, pour que le prêtre pût voir clair dans le tréfonds de sa conscience et connût le vrai mobile de sa faute :

— Ah! maître, maître, s'écria-t-il, la Beppina était si jolie! il me fallait tant de pesetas pour qu'elle fût un jour ma femme! Et je l'aimais, maître, je l'aime encore à en mourir si je ne suis pas un jour son homme.

Il se tut. Un poignant silence se fit dans la chambre où l'on n'entendit plus que les râles d'Antonio et les sanglots de Graciosa et de Vicente.

L'abbé était à ce moment aussi pâle que les trois êtres dont la détresse montait vers lui dans ce silence.

Ce cri de profonde tendresse que l'adolescent amoureux jetait à Dieu comme l'excuse de sa faute, venait de lui déchirer l'âme plus encore que l'aveu de la tromperie dont il fut victime. Une après l'autre, les deux grandes joies de sa vie s'effondraient en cette nuit douce d'été où toutes les étoiles du bon Dieu riaient au firmament de l'Espagne.

Il voyait ses espérances de savant s'évanouir avec celles dont son cœur de père adoptif tressaillait comme tressaille le cœur d'un vrai père.

Avec cette acuité d'intuition qu'ont seules les mères sondant l'avenir de l'être chéri, il pressentait les tristesses futures de sa fille adoptive.

Cette âme en laquelle il s'était complu dans son inexpérience de prêtre, à faire éclore la fleur d'amour, il la devinait désormais en proie à tous les chagrins d'une passion malheureuse.

Et sa détresse devint telle qu'il ne put retenir ses larmes. Il les essuya aussitôt et ne pensa plus qu'à réconforter le moribond et à consoler Vicente.

Celui-ci cependant avait repris son récit :

— Maître, poursuivait-il les yeux mouillés, quel ne fut pas notre étonnement, en trouvant au-dessous, bien au-dessous de la madone, une poupée dans le genre des vôtres, mais si mal fichue, que nous décidâmes de ne pas vous la montrer, convaincus, tant elle était laide, que vous ne nous en donneriez pas un peseta. Je la gardai seulement afin de m'en servir comme modèle pour la coiffure et le costume qui étaient en tout pareils à ceux de vos figurines...

Sur ces mots, l'abbé fit un bond, el le savant l'emportant encore une fois sur le prêtre :

— Et tu l'as conservée, au moins ? interrompit-il avec angoisse.

— Oui, fit Vicente, et même ce ne fut pas la seule que nous trouvâmes dans nos fouilles; nous en sortîmes près d'une centaine que nous remplaçions par les nôtres. Elles sont à votre vieille maison du village, où nous les cachions, afin de ne pas porter tort aux autres. Peut-être même s'en trouve-t-il quelques-unes parmi celles que nous vendîmes...

Vicente se tut, pâle de honte, et l'on vit l'agonisant s'agiter et faire un suprême effort pour dire :

— Vous les verrez, monsieur l'abbé, vous les comparerez à celles de ce brave enfant et vous jugerez si j'ai eu tort...

Il n'acheva pas, pris à la gorge par les derniers râles. Il ferma les yeux, puis les ouvrit démesurément, ses prunelles déjà vitreuses reflétèrent le désespoir et l'épouvante.

Il eut cependant assez de force pour faire signe à Vicente d'approcher plus près de son lit, mais il ne put rouvrir la bouche. Une immense terreur de l'au delà acheva de décomposer sa face cireuse et l'abbé l'entendit murmurer : « L'enfer ! l'enfer ! » Puis avant que de trépasser, dans un suprême effort, il cria : « Vicente ! Vicente ! pour mon salut et le tien, rends l'argent et fais dire des messes pour mon âme ! »

Terrifié, incapable de proférer une parole, Vicente serra sa main froide et son regard clairement exprima :

— Je t'obéirai, mon père.

IX

Il y en avait d'autres !... Il y en avait d'autres !... ne cessait de répéter M. Mattéo, tandis qu'autour de lui, voisins et voisines accourus consolaient Graciosa et l'aidaient à faire la toilette du cadavre. Et sous une poussée violente de sa passion pour la science, il fut sur le point d'entraîner Vicente vers la vieille maison qui recélait les mystérieuses trouvailles : « Celles-là, peut-être, s'obstinait-il à penser, sont les vraies puisqu'il en a imité le costume... » Mais comme toujours, en ces pénibles moments, l'âme du prêtre l'emporta, et se ressouvenant qu'il était par-dessus tout et avant tout l'homme de Dieu à une heure solennelle du sacerdoce, il s'agenouilla au chevet du mort, prit Vicente à côté de lui et commença la veillée funèbre.

Ce fut seulement le lendemain, après la cérémonie des funérailles, qu'en compagnie du jeune chevrier, toujours en proie au remords, et dont la douleur faisait peine à voir, il pénétra dans la chambrette.

Ce qu'il y trouva avait certes quelque valeur archéologique, mais était loin, bien loin, hélas ! de posséder au point de vue du fameux art ibérique, l'importance par lui prêtée aux œuvres de l'astucieux pastoureau.

C'étaient des sculptures barbares, maladroites, coiffées de tiares pyramidales, de hautes mitres, lourdement drapées, d'antique origine assurément, mais qu'on pouvait tout aussi bien attribuer aux Wisigoths qu'aux Phéniciens colonisateurs de la Méditerranée espagnole, ou encore aux Ibéro-Romains du IIIe siècle de notre ère. Ce n'était pas, il en avait la douloureuse certitude, l'art original de l'Espagne antique.

Et en les comparant aux statuettes sorties des doigts habiles de Vicente, il comprenait très bien comment ce « primitif » merveilleusement doué par la nature, aidé par ces modèles grossiers et aussi par ceux plus parfaits de sa collection, avait pu faire œuvre aussi savoureuse, empruntant à ceux-ci les détails du costume gréco-phénicien, fidèlement reproduits, s'inspirant de la beauté des femmes de son village et surtout de celle de Beppina qui fut son modèle favori.

Ainsi s'expliquait pour lui la ressemblance mystérieuse qui l'avait si souvent troublé.

L'amour n'avait pas peu contribué à faire du jeune chevrier un artiste si habile que tous les savants d'Europe s'y étaient avec lui trompés.

Et la tristesse du bon M. Mattéo en fut doublée en pensant aux silencieuses amours d'Esperanza.

Pendant la durée de cet examen, qui fut fort long, Vicente n'avait pas quitté du regard M. Mattéo, épiant dans une angoisse indicible tous ses gestes et jusqu'au moindre pli de sa figure.

« Ah ! pensait-il, si M. l'abbé pouvait découvrir dans ce fatras ce que depuis si longtemps il cherche, ma faute serait du coup bien moins grave. » Et se rappelant alors la promesse solennelle faite à son père, tourmenté aussi par le souvenir de Beppina : « Et je pourrais peut-être, ajoutait-il, garder nos sacs de pesetas. »

Cependant l'abbé continuait à tourner et à retourner entre ses doigts les statuettes, sans que rien de sa pensée ne se trahit sur son visage.

Mais voici que tout à coup, les repoussant en bloc d'un coup de pied dédaigneux, il tomba sur ses genoux, et frappant du front la poussière :

« *Deripuit superbos et exaltavit humiles* », s'exclama-t-il sans plus faire attention à Vicente que s'il n'eût pas existé. Ah ! mon pauvre Mattéo, toi qui, jusqu'à présent, avait si bien déjoué les tentatives de Satan contre ton âme, avec quelle incroyable naïveté tu t'es laissé prendre à ses pièges ?

Reconnais-tu maintenant que tu n'es pas ce que pendant si longtemps tu t'es cru : un grand savant doublé d'un pasteur honnête, mais un âne et un prêtre indigne!

A l'étude de la science pour laquelle tu n'avais aucun des talents nécessaires, tu as sacrifié les plus sacrés de tes devoirs et comme le plus inexpérimenté des novices, le Malin t'a induit au péché d'orgueil, si abominable chez un prêtre. Une fois sur cette pente, tu ne t'es plus arrêté. Tu as délaissé tes ouailles, ton Dieu, ton église, pour courir après les vanités puériles que la veille encore tu méprisais. Sur ta poitrine où n'avait jusqu'alors brillé que le crucifix, tu as épinglé ces rubans à la couleur desquels se distinguent et se mesurent la gloire et l'honneur des hommes. Tu t'es pris d'un amour soudain pour tous ces colifichets éclatants dont ils s'éblouissent entre eux et qui réjouissent leur cœur, comme une poignée de jouets et de bijoux réjouit celui de leurs enfants et de leurs femmes.

Tu as complaisamment prêté aux plus ridicules flagorneries tes oreilles qui, jusqu'à présent, ne s'étaient ouvertes qu'à la parole du Seigneur. Enfin tu as, sous cette influence, dépassé les sottises des plus vaniteux et des plus fats, jusqu'à faire suivre ton nom d'un tas de titres qui ne signifient rien d'ailleurs et auxquels, hélas! tu n'avais pas le moindre droit. Voilà, Mattéo, ton œuvre en ces quelques semaines, ou plutôt l'œuvre que tu as laissé le Malin accomplir au fond de ton âme. Ne t'étonne donc pas si Dieu, dans son immense miséricorde, s'est servi des Camona pour te sauver de l'abîme et te montrer l'inanité criminelle de tout ce qui n'est pas sa pensée... *Deripuit superbos* et *exaltavit humiles. Meâ culpâ, meâ culpâ, meâ maxima culpâ.*

Quand il releva la tête, il se vit seul dans la chambre. Vicente avait disparu.

Alors, frappant à nouveau de son front le pavé nu :

« Seigneur! Seigneur! poursuivit-il, de plus misérable pêcheur que moi, il n'en est pas sous le beau ciel de notre Espagne. J'ai mérité mille fois que votre droite s'abatte sur moi durement et dans l'angoisse et le remords qui me torturent, je vous crie du plus profond de mon âme : « Frappez! Frappez plus fort, afin qu'à la rudesse du châtiment, je mesure toute la grandeur de ma faute, mais, de grâce, Seigneur, Dieu de pitié et de bonté, que votre légitime courroux ne tombe que sur moi, car je l'ai seul mérité. Epargnez, épargnez de grâce l'enfant que votre Providence m'a confiée et dont vous remîtes à mes mains indignes et débiles la destinée! Pour vous, Seigneur, je l'élevai. D'enfant plus innocente et plus pure que mon Esperanza, il n'en est pas dans la vallée. Son âme a le parfum des roses grenadines et je suis sûr, Seigneur, que vous aimez à la respirer.

Faites, faites, mon Dieu, que la peine d'amour ne la flétrisse pas! Peut-être n'ai-je pas été l'interprète fidèle de votre divine pensée, et au crime d'orgueil dont le remords m'accable, dois-je ajouter celui d'avoir ouvert son cœur aux affections terrestres, au lieu de vous le consacrer tout entier? Que, s'il en est ainsi, le châtiment de ce crime nouveau n'atteigne que moi seul! Pour si grand que soit mon courage je ne pourrais supporter de la voir souffrir. Déjà, quand devant l'indifférence de Vicente, je vois se mouiller ses paupières et son front se plisser comme les campanules à la bise d'hiver, je sens mon cœur se fondre dans une tristesse infinie, j'éprouve la plus cruelle des angoisses à l'idée des peines amoureuses dont mon imprévoyance aura rempli sa vie. Seigneur! Seigneur! ayez pitié de moi! O vous, Maître du monde, qui tenez dans vos mains et la vie et la mort, dont le souffle puissant remplit le ciel d'étoiles, et d'amour les amants, faites qu'à l'unisson palpitent leurs deux âmes et qu'un jour, ma chère Esperanza, soit la chaste et fidèle compagne de Vicente. Seigneur! Seigneur! j'en suis sûr maintenant, elle l'aime, elle l'aime d'un amour si profond qu'elle en mourra certainement... »

Le bruit d'un tas d'écus et de piécettes d'or crevant leur sac et s'éparpillant autour de lui sur le pavé de la chambrette le fit sursauter.

Il se retourna vivement et aperçut sur le pas de la porte le jeune chevrier qui, debout, les yeux mouillés et les mains ballantes ne songeait pas à les ramasser. Il n'avait quitté le prêtre dont l'immense désolation achevait en lui l'œuvre du remords, que pour aller dans la pièce voisine, chercher au fond de l'armoire, la fortune indûment gagnée et remplir les instructions suprêmes d'Antonio.

Il avait entendu, sans en perdre un seul mot, l'émouvant soliloque de son curé et la dernière partie de cette oraison douloureuse l'avait cloué sur le seuil.

Ainsi donc, Esperanza l'aimait avec autant de passion qu'en avait son amour à lui, Vicente, pour la fille de l'usurier. Une subite clarté se faisait en son âme, jusqu'à cette heure pleine de Beppina. Il voyait, rapprochait, comprenait toutes les manifestations naïves et ardentes de cette tendresse qu'il n'avait cessé de repousser avec une ignorante brutalité, et aux souffrances que la seule pensée de sa propre affection dédaignée par sa mie lui fit endurer, il mesurait celle dont, malgré lui, il avait accablé Esperanza. Enfin, la détresse profonde en laquelle il avait, ce faisant, plongé un maître si bon, acheva de le désoler.

— C'est de toi, de toi seul, Vicente, se disait-il, que viennent à cet homme auquel tu dois tout, les deux plus grands chagrins de sa vie. Et ce qu'il y a de plus triste encore, c'est que, je le vois bien, hélas! il ne dépend plus de toi de réparer le mal commis. Encore pour ce qui est des figurines, y a-t-il peut-être quelques chances, en fouillant et en refouillant la garrigue de mettre un jour la main sur celle qu'il désire tant. Mais pour ce qui est de Beppina, hélas! je n'y puis rien. Ne plus l'adorer, pour donner mon amour à Esperanza, non! mille fois non! cela est impossible et les *Tours vermeilles* d'Albaïcin s'effondreraient avant qu'il en fût ainsi...

Blême, les yeux larges, le visage bouleversé par cette angoisse intérieure, Vicente fit quelques pas vers l'abbé qui s'était levé et, immobile, le regardait, comprenant tout :

— Maître, maître, sanglota-t-il, en montrant les pièces d'or qui faisaient comme des taches de soleil autour d'eux, pardonnez-moi ainsi que vous avez pardonné à mon père, afin que mon âme, comme la sienne, soit préservée de l'enfer. Voilà cette fortune que j'ai volée. Je veux qu'il ne m'en reste plus un centime. Je reprendrai mon bâton de pâtre et j'irai, comme jadis, paître mes chèvres dans les garrigues de Ricciola. Mais avant, et pas plus tard que tout à l'heure, je me rendrai chez José Ripas; je lui dirait tout comme à vous et lui demanderai de me donner sa fille au plus tôt. Bien que ne fréquentant pas beaucoup l'église, Ripas et sa femme sont des chrétiens d'Andalousie. Ils nous ont fiancés, voici à peine quelques semaines, devant l'autel de Notre-Dame d'Albaïcin; ils savent, par conséquent, que la parole donnée devant la grande Madone de Grenade est sacrée, et que « de telles accordailles valent épousailles », selon le proverbe du pays.

En écoutant cela, M. Mattéo ne put retenir un sourire de tristesse et d'incrédulité .Il connaissait de longue date l'usurier de Gorvinetto, l'unique mécréant peut-être de la vallée, celui-là même qui voulut voler l'ânesse Négritta au pauvre Bartholoméo Rodriguez, et il savait bien que pour lui, une promesse faite à la Vierge, fût-elle d'Albaïcin, était comme une pêche mûre pour une carpe du Rondinello. Il savait bien aussi que, redevenu l'humble chevrier de Ricciola, Vicente serait mal venu à réclamer l'exécution des engagements convenus.

« Pauvre petit, pensa-t-il, c'est avec force taloches et mornifles qu'il te recevra. » Aussi y eut-il dans ce sourire du vieillard plus de pitié que d'ironie. Vicente, réparant aussi noblement sa faute dès qu'il en avait compris la gravité, lui devenait plus cher encore, et malgré sa profonde tendresse de père pour Esperanza, il ne pouvait souhaiter en son âme de prêtre, le voir à son tour aux prises avec les affres terribles du mal d'aimer.

Jamais, aux époques les plus difficiles de sa vie morale, il n'éprouva tourment pareil à celui de voir si étroitement liés l'un à l'autre le bonheur et le malheur de deux enfants bien-aimés.

« Dieu seul, pensait-il, peut arranger tout cela, et je le prierai tant et tant qu'il le fera... »

Alors se levant :

« Vicente, mon fils, lui dit-il, tu viens d'agir en bon chrétien et le Seigneur te pardonnera et pardonnera à ton père, comme moi-même vous ai pardonnés, car, au fond, le plus coupable en cette affaire, c'est encore moi. C'est de ma sottise et de mon orgueil que Dieu m'a puni. Ne m'oublie pas dans les prières, je ne t'oublierai pas dans les miennes. Nous en avons tous deux bien besoin. »

Et après l'avoir tendrement embrassé, il le quitta, non sans lui dire, le rouge au front et la voix tremblante :

« A ton retour de Gorvinetto, ne manque pas de venir me dire les intentions de José Ripas. »

X

Tandis que soulagé du poids de son remords, et l'âme confiante dans la promesse de Ripas, Vicente se mettait en route au chant de l'alouette pour Gorvinetto, l'abbé regagna sa cure, bien décidé à faire de suite ce que, au cours de ses méditations, lui avaient dicté ses scrupules de prêtre et sa conscience de savant.

Il se reposa quelques heures, dit sa messe, puis s'enferma dans son cabinet de travail.

Là il écrivit une longue lettre, sorte de mémoire, dans laquelle, avec toute la sincérité dont il était capable, mais avec les précautions exigées par le secret de la confession, il narra la supercherie dont il fut victime, rendit hommage à la sagacité des savants français et du vénérable M. Beurdeley, et ramena la question de l'Art Ibérique au point où elle était avant les fausses découvertes de Ricciola. Il en fit la rédaction aussi humiliante que possible pour lui-même, se déclara indigne désormais d'appartenir à une société de savants et termina en se démettant des grades, titres et distinctions dont il venait d'être honoré. Une fois terminée, cette lettre, dont il annonçait à ses correspondants la prochaine publication, il en écrivit deux exemplaires qu'il adressa l'un à l'honorable M. Ramon Saadro, président de l'Académie de Grenade, l'autre à l'illustre professeur, Von Kirschbach, doyen de l'Université berlinoise et secrétaire perpétuel de l'Institut Impérial d'Allemagne.

Il venait de confier avec force recommandations ces deux missives à Zarcillo, le facteur, lorsqu'apparut au seuil de son jardinet la svelte silhouette du chevrier.

Devant ses traits bouleversés, ses paupières rougies, le bon curé vit tout de suite combien furent justes ses prévisions. La détresse du pauvre garçon se lisait telle, qu'il en fut remué plus encore que le matin.

Autour de lui cependant, dans les lilas et les rosiers du presbytère, un rossignol chantait prairial et la brise qui caressait les campanules était d'une douceur infinie.

Il voulut le consoler, mais Vicente ne lui en laissa pas le temps :

— « Maître, fit-il d'une voix brisée, José Ripas, que je croyais un bon chrétien, respectueux de la parole donnée devant la madone d'Albaïcin, n'est qu'un avare et un impie dont l'unique Dieu est l'argent. Loin de comprendre le mérite de mon action, il m'a traité d'idiot et sa colère est devenue telle en m'écoutant que, sans me permettre d'achever, il m'a chassé de sa maison. Ce qu'il y a de plus triste encore, c'est que, devant moi, il a menacé Beppina, pâle comme la mère des Sept Douleurs de la tuer de sa propre main si nous tentions de nous revoir un seul instant. Et le malheureux est capable de faire ainsi qu'il l'a dit... Ah! maître, maître, poursuivit-il, sans pouvoir plus longtemps retenir ses pleurs, je le vois bien maintenant, Dieu me punit de mon péché, et la punition est bien cruelle, car je l'aime, ma Beppina, oui je l'aime à en mourir si j'en suis privé... »

A ce moment, dans les lilas du presbytère, le rossignol ne chanta plus, la brise qui caressait les campanules se tut aussi et le vieillard comme le pâtre, pâles tous deux, entendirent du milieu des roses monter un profond sanglot. Ils se retournèrent à la fois et virent le fin profil d'Esperanza, mouillé de larmes, disparaître sous la feuillée. Alors le prêtre regarda le pâtre et il y eut dans ce regard une telle désespérance que Vicente fut sur le point de défaillir.

— Maître, murmura-t-il au bout d'un instant, et d'une voix qu'à peine le curé perçut, puisque ma vie est condamnée à faire le malheur de ceux qui me sont le plus chers, j'ai décidé de la consacrer au Seigneur. La résolution qui m'est venue ce matin en sortant de Gorvinetto, me paraît plus encore à cette heure, la seule qui puisse être agréable à Dieu. Je la tiendrai. Au lieu de reprendre ma cape de pâtre, j'endosserai la robe de bure, et, pieds nus, j'irai vers l'antique ermitage de Muria que la sainteté du frère Carlos a rendu célèbre en Andalousie.

Je supplierai le saint moine de m'admettre auprès de lui; je partagerai ses pénitences, je porterai le cilice et passerai ma vie à prier la madone dont il a la garde, pour que me soit pardonnée ma faute et que s'efface de mon cœur le souvenir de Beppina. Je vous confie ma vieille mère et ma sœur Antonia. Adieu, maître, bénissez-moi. »

L'abbé Mattéo que ce discours achevait de bouleverser ouvrit ses deux bras au pâtre et l'y garda pendant longtemps.

— Fils, fils, murmurait-il en mêlant ses larmes aux siennes, c'est Dieu qui parle par ta voix. Va donc, monte par le rude sentier de la montagne vers le vénérable Carlos. Mieux que je ne pourrai le faire moi-même, il saura trouver les paroles qui consolent l'âme meurtrie. La sienne, enfant, avant de trouver la sérénité des élus, connut tous les orages des passions et le mal d'amour dont tu ressens l'affreux tourment le tortura pendant ses nuits. Va donc vers lui. Là-haut, dans la pure lumière du plateau hanté des palombes, dans la paix silencieuse des monts, tu entendras mieux les conseils que par la voix de son ermite bien-aimé te donnera Notre-Seigneur dont la miséricorde est infinie. Mieux que quiconque, le pieux cénobite reconnaîtra la solidité de ta vocaton et te dira si à jamais tu dois fermer ton cœur aux amours terrestres, pour tout entier le donner à Dieu. Ecoute-le aveuglément, mais avant de me quitter, mon enfant, laisse-moi te donner une lettre que tu remettras en ses mains. Quant à ta vieille mère et à ta sœur Antonia, que plus ne t'inquiète le souci de leur existence, mon presbytère sera leur maison. Va les embrasser l'une et l'autre, pendant le temps que j'écrirai.

Alors, tandis que le pâtre obéissant s'acquittait de ce pieux devoir, dans une attendrissante missive, il narra longuement au saint moine les amours de Vicente et de Beppina, comment, aveuglé par cette passion il avait commis les fraudes dont le Seigneur s'était servi pour le punir, lui, prêtre indigne de son sot orgueil. Puis, en paroles émues, douloureuses, mais où passait l'éclair d'une indestructible espérance il disait le violent amour dont s'était pris sa fille adoptive pour le fils de son sacristain.

— O vous, père vénérable, concluait-il en mouillant de ses pleurs le papier, vous qui êtes sorti triomphant et purifié de la fournaise des passions, je vous appelle à mon secours. A vos mains pieuses et expertes, je confie cet enfant spirituel, dont l'avenir m'est aussi précieux que celui de mon Esperanza. Dirigez-le, patronnez-le dans la voie si délicate et si périlleuse où il a voulu s'engager. Notre Dieu si miséricordieux et si bon ne refusera pas à vos prières de vous manifester sa souveraine volonté.

....

Le lendemain, comme l'aube à peine pointait à l'horizon de Grenade, Vicente muni de sa précieuse lettre, se mit en route pour l'ermitage de Muria.

Sa messe dite, l'abbé Mattéo avait tenu à l'accompagner.

— Petit, lui dit-il, si mes vieilles jambes pouvaient et si la côte était moins rude pour Négritta dont l'âge écourte le souffle chaque jour, je te conduirais jusqu'à Notre-Dame et te remettrais moi-même entre les mains du vénérable Carlos; mais je veux pourtant faire avec toi un bout de chemin.

Et ils s'étaient engagés dans la sente caillouteuse, bordée d'aubépines et de houx qui du presbytère de Ricciola monte en zigzaguant follement sur le plateau de Muria. Jamais aube printanière n'éclaira de lueurs plus tendres le ciel andalou. De la montagne à la garrigue, de la garrigue à la vallée passait comme une caresse enfantine, le doux frisson du renouveau. Dans la verdure pâle encore des luzernières et des blés, les ruisseaux roulaient leurs ondes non moins pures que le cristal et où l'alouette venait boire en grisollant. Des collines frôlées par la brise montait l'odeur des tithymales et la fauvette faisait le choix d'une lambrusque pour y nicher. comme une sultane paresseuse, Grenade s'éveillait lentement et au divin salut de l'aurore, elle répondait par le roucoulement de ses colombes lissant leurs plumes sur les clochers d'Albaïcin.

— Petit, petit, ne put retenir l'abbé, quand ils furent à quelques pas du presbytère, que notre Andalousie est belle et que le ciel de notre Espagne est doux et beau. Regarde, c'est le sourire même de Dieu.

Et l'ayant une dernière fois embrassé, il le quitta. Alors Vicente se retourna pour lui jeter de la main un suprême adieu et il aperçut à la fenêtre de sa chambre le pâle visage d'Esperanza qui le suivait d'un long regard douloureux.

XI

A cette heure même, dans sa jolie maisonnette aux volets verts qu'entourait un des plus coquets jardinets de la paisible banlieue berlinoise, l'illustre professeur Von Kirschbach achevait son déjeuner modeste mais substantiel, un vrai déjeuner de savant. Wilhelmine, sa vieille servante, venait de lui apporter avec sa pipe, une tasse de fin moka et il s'apprêtait à le déguster tout en lisant selon sa coutume un sérieux article de revue.

Suivre un raisonnement scientifique bien déduit et exposé dans une langue impeccable, tandis que l'arome du café fait passer sous vos méninges un frisson stimulant du cerveau et que la fumée d'un authentique maryland vous auréole en vous caressant, c'est pour un homme d'étude plaisir de dieu. Le vénérable doyen n'en connut jamais d'autre, et il n'y avait pas de créature plus heureuse que lui dans Berlin.

Ce jour-là, cette volupté quotidienne lui paraissait plus douce encore, car l'article qu'il lisait était sorti de sa plume et venait de paraître dans les *Archives impériales d'archéologie*.

Il l'avait tout entier consacré aux retentissantes découvertes de M. l'abbé Mattéo. Après avoir exalté l'inventeur et magistralement exposé les conséquences de sa trouvaille au point de vue de l'existence désormais incontestable d'un Art Ibérique indigène et original, avec une éloquence dont la chaleur n'excluait pas l'ironie, il s'éleva contre la fatuité et la mesquine jalousie dont faisaient preuve en l'espèce M. Beurdeley et ses disciples les plus connus. Plus de trois pages compactes étaient remplies de ses railleries. Il sentit à la lecture son habituelle gaieté s'en augmenter et sa digestion se poursuivre avec une douceur infinie. La conclusion, d'un enthousiasme lyrique à l'égard des savants espagnols, d'une violence calculée contre la science française, et conforme ainsi comme tout le reste à la politique du moment, lui arracha un gros rire de satisfaction.

« Il faudrait, songeait-il, en caressant d'un geste lent ses favoris jadis blonds, il faudrait trouver un moyen pour que ces lignes soient mises sous les yeux de notre empereur. Je suis certain après cela de décrocher la cravate de l'*Aigle rouge*. »

Impossible de douter en effet, du bon vouloir de Sa Majesté à son égard. Ne lui avait-il pas accordé, au lendemain même du Congrès archéologique de Berlin, une somme de cinq cents marks destinés à acheter des figurines de Ricciola et à leur consacrer une salle spéciale du Muséum ?

Non seulement l'empereur avait pris cet argent sur sa cassette, mais il avait voulu assister en personne à l'inauguration de cette nouvelle section.

Ce n'est pas tout. Pour le récompenser sur-le-champ de la façon avec laquelle il présida la séance qui avait vu la déroute des savants français, l'empereur venait de l'autoriser à faire à l'Université de Berlin, un cours supplémentaire et grassement rétribué sur l'Art Ibérique, d'après les dernières découvertes de M. l'abbé Mattéo. Comment douter après cela que le grand cordon de l'Aigle rouge, but suprême de ses espérances ne vînt, au lendemain de cet article magistral, mettre le comble à ses désirs ?

Il se voyait déjà décoré des précieux insignes et, prenant de ce fait le pas dans les cérémonies publiques sur le célèbre Sextius Von Buch, le professeur d'épigraphie, son rival de la première heure, lorsque Wilhelmine lui apporta son courrier.

La première lettre qu'il décacheta après en avoir reconnu l'écriture fut celle de M. l'abbé Mattéo.

— Par Jupiter, père des dieux ! clama-t-il, devenu subitement aussi blanc que la nappe sur laquelle fumait son moka, est-ce que M. le curé de Ricciola est fou ou est-ce moi qui déménage présentement ?

Et ne pouvant en croire ses yeux :

— Wilhelmine, apportez-moi mes lunettes, ordonna-t-il.

— Mais Monsieur les a sur le nez, fit la servante que la stupéfaction bruyante de son maître avait clouée sur le seuil de la pièce, une fiole de kirsch à la main.

— C'est ma foi vrai, grogna le savant dont le visage de blême était devenu non moins vert que les ailes du vieux perroquet, enfant gâté de Wilhelmine et qui le dévisageait de ses yeux ronds en jacassant sur son perchoir. Et pour la deuxième fois, il relut la longue missive en scandant chacun de ses mots. Arrivé au passage où, après avoir longuement narré la supercherie dont il fut victime, l'abbé lui annonçait sa ferme intention de tout avouer au monde savant, il laissa tomber la lettre, ébranla la table d'un formidable coup de poing qui renversa café et kirsch, puis, affalé dans son fauteuil, les bras ballants, il murmura : « L'animal en est bien capable ! Me voilà dans de jolis draps. »

De voir son maître en cet état, Wilhelmine le crut malade et se précipita vers sa cuisine pour lui préparer une infusion. Quand elle voulut la lui présenter :

— Mille tonnerres ! cria-t-il en bondissant de son fauteuil, comme s'il n'eût eu que vingt ans, ce n'est pas cela qu'il me faut, mais ma redingote, mon chapeau, mon parapluie, ma canne et ma valise car je pars, Wilhelmine oui, je pars c'est de toute nécessité.

— Et où va Monsieur ? fit la servante de plus en plus ahurie.

— En Espagne, Wilhelmine, au fin fond de toutes les Espagnes, à Grenade, et plus loin encore, s'il le faut pour empêcher ce curé du diable, de clamer notre sottise à l'univers attentif.

Pour le coup, la servante jeta sur son maître un regard qui voulait dire : Il déménage assurément. Et cette idée entra plus avant dans sa cervelle quand elle le vit endosser ses habits de voyage, prendre sa valise et se diriger vers la gare en coup de vent. Une heure après, encoigné dans un compartiment de première classe, les sourcils hérissés, ses doigts nerveux tambourinant sur sa bedaine, l'illustre professeur Von Kirchbach, broyait du noir. La situation grotesque dans laquelle il s'était mis au yeux du monde savant, lui apparut plus nettement encore que tout à l'heure.

Quel ridicule allait rejaillir sur lui de cette fameuse salle consacrée dans le Muséum de Berlin aux figurines de Ricciola, et dont il venait d'annoncer à l'Europe entière sa fondation!

Quelle disgrâce quand l'empereur apprendrait la supercherie dont, grâce à lui, Von Kirschbach, il était victime, et que seuls les savants français avaient soupçonnée.

Comme ils allaient triompher maintenant et combien ce triomphe retentissant allait encore aggraver la colère de Sa Majesté. L'Europe entière se gausserait de l'Allemagne et des figures désormais fameuses de son Muséum. Adieu la cravate de l'Aigle rouge et le cours supplémentaire d'Art Ibérique si grassement rétribué! Finies les bonnes grâces du souverain qui ne manquerait pas de lui fendre l'oreille comme à un simple major de ulhans! Il voyait la joie débordante de son vieux rival Sextius Von Buch en prenant sa place de doyen car elle lui revenait de droit et la gloire de son adversaire, l'illustre M. Beurdeley, répandue par cette aventure dans le monde entier... Maudit curé! Sacerdote de malheur! Que ne se contentait-il de dire sa messe et de confesser ses paroissiens au lieu de s'occuper d'une science à laquelle il n'entendait rien!... Fallait-il qu'il en eût une couche de crasse ignorance pour s'être à ce point laissé duper par son sacristain!... Ah! mais il ferait beau voir après cela qu'il clamât son incommensurable sottise par-dessus les toits! Il saurait bien lui fermer la bouche et l'empêcher de compromettre ceux qui, comme lui, avaient eu une confiance aveugle en sa réputation acquise et en son passé. Il n'épargnerait rien pour cela. Son salut était à ce prix... « Mon Dieu songeait-il, en tourmentant d'un geste fébrile ses favoris, pourvu qu'il ne soit pas déjà trop tard et qu'il n'ait pas fait la sottise quand j'arriverai!... » Et à cette pensée il sautillait dans son coin comme un poisson sur le gril et ouvrait à chaque instant la portière pour voir si le train filait toujours bien et se rendait insupportable à ses voisins dont il troublait le sommeil.

Ce voyage lui paraissait interminable et il le fit sans fermer l'œil.

A peine débarqué à Grenade, il se rendit en toute hâte chez le vénérable M. Ramon Saadro, président de l'Académie archéologique, dont la situation était analogue à la sienne et en lequel il devait trouver, pensait-il, un auxiliaire précieux. Le doyen des archéologues d'Espagne était en effet sous le coup d'une émotion non moins vive quand il se présenta chez lui. En compagnie du général Domenico Calmeron qu'il avait mandé dès la réception de la si déconcertante missive, il cherchait lui aussi le moyen d'en empêcher la publication. Comme l'illustre Von Kirschbach, lui aussi, après le Congrès de Berlin, avait été en sa qualité de président de l'Académie grenadine comblé par le roi de distinctions et d'honneurs. N'était-il pas, tout comme le doyen de l'Université berlinoise, le fondateur du Musée du Cerro, et n'allait-il pas comme lui s'effondrer sous le ridicule dans lequel l'abbé Mattéo voulait sombrer?...

« ... Que faire, mon Dieu! que faire pour empêcher ce malheur? » Voilà ce que pour la centième fois peut-être il répétait d'une voix pleurarde à son vieil ami.

Sans l'écouter, ni lui répondre, le fougueux numismate ne s'arrêtait pas de jurer, de sacrer et de lancer à l'adresse du curé de Ricciola tout son répertoire de vieux grognard. « Caramba! clamait-il tandis que ses doigts ossus et velus faisaient avec sa barbiche blanche un tas de tire-bouchons, par la Messe rouge et noire! par toutes les Messes de Satan et du Bon Dieu! malgré ma vieille amitié pour lui, je lui couperais les deux oreilles s'il déshonorait ainsi sa patrie! Oui! par le Ciel et par l'Enfer! par tous les saints et toutes les saintes de Grenade, ce n'est plus ni de l'abbé, ni de nous, ni de l'Académie, ni même de l'Art Ibérique mais de l'honneur de notre Espagne que, présentement, il s'agit. Tant pis pour Mattéo s'il s'est laissé rouler comme un niais par son ivrogne de sacristain! Il n'y a pas de scrupule ni de conscience qui tienne devant la gloire de notre pays. Et morbleu! je le lui ferai bien comprendre et pas plus tard que tout à l'heure. Entendez-vous Saadra? »

Alors, dans un grand geste de colère, il se leva comme s'il eût voulu tout de suite prendre la route de Ricciola.

Le vénérable président de l'Académie grenadine allait encore une fois l'inviter au calme, à la prudence, lorsqu'un domestique annonça M. le professeur Von Kirschbach.

— Lui aussi est au courant? dirent à la fois les deux Espagnols, en donnant l'ordre de faire entrer.

— Oui, Messieurs, répondit l'illustre doyen en saluant et c'est M. l'abbé Mattéo qui m'y a mis par l'étrange lettre que voici. »

— Celle que nous avons reçue nous-mêmes, fit M. Saadro en la parcourant du regard. Et que comptez-vous faire, cher collègue? interrogea-t-il anxieux.

— Mais, répondit sans hésiter Von Kirschbach, ce que, je l'ai entendu malgré moi, vous conseillait, voici à peine quelques secondes, l'honorable général Calmeron : empêcher à tout prix et par n'importe quel moyen M. l'abbé Mattéo de se déshonorer lui-même en nous déshonorant nous et nos respectives patries. Pour cela, ne pas lui donner le temps de publier sa missive et nous rendre sur l'heure à Ricciola.

— Parfait! ponctua le général entre deux jurons, et comptez sur moi pour réussir.

XII

Après avoir accompagné Vicente sur la route de Notre-Dame-de-Muria, M. l'abbé Mattéo était revenu au presbytère, les yeux mouillés et le cœur gros. Avant d'entrer dans le jardin où il croyait trouver Esperanza, il trempa son mouchoir dans le ruisseau, se tamponna les paupières, prit une figure souriante et voulut faire sa voix joyeuse pour l'appeler. Mais les allées et la charmille restèrent muettes. Esperanza ne répondit pas.

« Tiens, songea-t-il étonné, c'est pourtant l'heure où elle vient soigner ses roses et écouter les oiselets. A-t-elle su que Vincent partait ? Je le lui avais bien caché cependant. En ce cas, soupira-t-il, elle est sans doute à l'église ou dans sa chambre en train de se désoler. »

Et il se disposait à aller l'y rejoindre, lorsque ayant relevé la tête, il aperçut là-haut, tout là-haut, à l'extrême cime du clocher sa fine silhouette se découper sur le ciel bleu.

Il ne chercha pas longtemps le pourquoi de cette insolite et périlleuse ascencion. Il regarda vers la montagne où le sentier de l'ermitage serpentait parmi les pâles bruyères et les blondes fleurs de genêts, et il discerna à mi-côte le jeune chevrier qui cheminait dans le soleil. Il cheminait d'un pas rapide, sans jamais détourner la tête ou regarder derrière lui.

De la montagne lumineuse que blondissaient les genêts, le bon curé abaissa les yeux vers le clocher. De plus en plus désolée et triste, se profilait dans le ciel bleu la silhouette de son enfant, et ayant mis ses bésicles, il la vit plus pâle que la pâle fleur des bruyères, avec, au coin de chaque paupière de grosses larmes qui mouillaient ses joues comme la rosée matinale mouillait les blondes grappes des genêts. Il ne put en supporter davantage.

Il s'affaissa sur une chaise dans la charmille ensoleillée et la tête entre ses deux mains, lui aussi, se prit à pleurer. Alors les campanules frémissantes caressèrent ses cheveux blancs et les oisillons qui voletaient dans les ramures regardèrent de leurs ocelles étonnés ce vieillard qui sanglotait comme un enfant... »

« Caramba de caramba ! l'abbé, vous êtes donc plus introuvable que les galions que Vigo ? clama dans le silence recueilli et triste du jardin la voix sonore du général Calmeron; depuis bientôt près d'une heure nous vous cherchons, nous avons fouillé l'église et la cure depuis la sacristie jusqu'au grenier... »

A ces mots l'abbé sursauta, et, sorti de sa longue rêverie douloureuse, il essaya d'en dissimuler les traces en accueillant, un sourire aux lèvres, les trois savants.

Mais ceux-ci avaient bien vu sa tristesse et leur première pensée fut qu'elle n'avait pas d'autre cause que celle pour laquelle ils étaient venus.

— Quel malheur ! cher ami, quel malheur, fit le premier, M. Ramon Saadro en pressant avec effusion la main que M. Matteo lui tendait, oui, quel malheur non seulement pour la science, mais aussi pour vous dont la grande réputation va...

— Oh ! interrompit vivement l'abbé, qui s'attendait quelque peu à cette visite et n'en fut pas étonné, pour ce qui est de ma personne, n'en faites pas, je vous prie, cher ami, plus de compte que je n'en fais moi-même. Avouez franchement, en effet, collègues, que je n'aurai pas volé par mon ignorance et ma stupidité, de perdre ce que vous voulez bien appeler ma grande réputation, et que j'aurai cent fois mérité le ridicule qui de cette malheureuse aventure pourra rejaillir sur moi. Aussi cette considération, loin de me retenir, ne peut au contraire que m'inciter à faire au plus vite l'aveu solennel que je dois au monde savant... »

Tandis qu'il poursuivait, s'exaltant à l'idée de cette réparation éclatante qu'il considérait comme le plus sacré de ses devoirs, la mine de nos trois archéologues s'allongeait de plus en plus, et de constater à quel point les scrupules dominaient la conscience de ce saint homme, à quel point il était ancré dans sa décision, l'espérance de le convaincre commençait à les délaisser.

Devant la consternation que provoquait chez eux son langage, M. Mattéo comprit plus nettement encore le but de leur visite et ce fut d'un ton plus catégorique qu'il ajouta :

— Je m'explique parfaitement mes chers collègues, le motif qui, à cette heure matinale vous a conduits à Ricciola, mais, de grâce, n'insistez pas. Votre temps si précieux serait perdu. »

— Par les cornes de Belzébuth ! l'abbé cria de sa voix de tonnerre le général en froissant de ses doigts nerveux les fleurettes des campanules qui n'en pouvaient mais, que faites-vous donc, en cette diabolique aventure, de l'Espagne et de son honneur ? Avez-vous un seul instant songé à l'abîme de ridicule dans le[illegible] notre patrie, sa science et ses savants von[illegible]ouler au lendemain de votre aveu ? Ne [illegible]z-vous donc pas qu'une pareille catastrophe équivaudrait pour notre glorieuse péninsule humiliée de la carte des nations savantes et cultivées ?... »

Et longtemps, longtemps, avec une ardeur et volubilité sans pareilles, il vocifèra des truismes patriotiques sur un ton de voix qui fit de la charmille s'enfuir les oisillons effrayés.

Mais si chardonnerets et fauvettes prirent peur en entendant le tonnerre du vieux grognard, l'excellent M. Mattéo qui le connaissait de longue date ne s'en émut pas plus que du bourdonnement des abeilles butinant les fleurettes de son jardin.

Comme toujours, aux heures de désaccord, il le laissa argumenter et discourir aussi longuement et violement qu'il voulut; puis, quand à bout de salive il s'arrêta, au lieu, ce qui l'aurait exaspéré, de lui répondre par exemple que la gloire d'une nation ne pouvait sortir d'un mensonge, il se contenta d'un sourire, d'un bon sourire paternel, mais sur le sens duquel ne se méprirent ni le vénérable président de l'Académie grenadine, ni l'illustre doyen de Berlin.

Devant la fermeté placide de cette conscience inaccessible à tout ce qui n'était pas l'idée du devoir, Von Kirschbach se sentit perdu.

Il comprit qu'il ne leur restait plus qu'une seule chance de salut, un seul moyen de l'attendrir en l'apitoyant et en faisant appel à son esprit de justice et de charité. Et lui, qui jusqu'alors avait gardé le silence, commença sur un ton de voix larmoyant à exposer au bon M. Mattéo toutes les conséquences désastreuses que son aveu entrainerait pour lui-même et pour son vieil ami M. Ramon Saadro. Il dit leur situation professionnelle perdue irrémédiablement, leur vieillesse attristée, la colère de l'empereur et du roi, leur disgrâce fatale et la ruine matérielle et morale qui s'ensuivrait pour eux deux. Et tout cela, pourquoi ? Pour s'être aveuglément confiés en ses lumières et en son savoir. Enfin, il trouva des accents si navrants et de si touchantes paroles que M. Mattéo en fut ému profondément.

Dès ce moment, il prêta une oreille attentive à M. Von Kirschbach et consentit à chercher avec lui et ses collègues, un moyen de tout arranger.

Ce moyen, ou plutôt ce compromis, l'illustre doyen l'exposa avec une éloquence d'une pénétrante subtilité :

— Certes, dit-il, aussi bien qu'à vous, monsieur l'abbé, notre dignité, notre probité de savants, ne nous permet pas de laisser l'erreur involontairement introduite par nous faire son chemin et fausser indéfiniment ce point d'histoire archéologique, mais il n'est pas absolument nécessaire pour cela d'une rétractation aussi brusque et aussi éclatante, d'un aveu aussi complet et retentissant, dont les conséquences immédiates seraient de nous ridiculiser tous trois. A quoi bon narrer la navrante supercherie ? Pourquoi ne préparerions-nous pas plutôt le monde savant à cette extaordinaire nouvelle en soulevant d'abord quelques doutes sur l'authenticité des figurines de Ricciola, en des mémoires, des articles adroitement écrits par nous à cet effet, et qui s'ajoutant à ceux déjà émis par l'honorable M. B[illegible]ley et les archéologues français éveilleraien[illegible] ce sens l'attention de nos collègues de tous pays ? Pour satisfaire aux exigences immédiates et si légitimes pour un prêtre, de votre conscience, ne pourriez-vous, monsieur l'abbé, d'ici quelques semaines, dans une des prochaines réunions de votre académie, annoncer qu'à la suite de récentes recherches, il vous est venu quelques soupçons sur *certaines seulement* des statuettes trouvées au *Cerro*, ce qui ne serait point porter atteinte à la vérité, puique, ainsi que vous nous l'avez dit dans votre lettre, l'authenticité d'un certain nombre de pièces reste acquise. Nous partirons de là pour attaquer prudemment et avec une adroite gradation la validité des conclusions tirées de leur découverte en faveur de l'Art ibérique.

« Et de cette façon, avant un an ou deux, la question reviendrait à peu près en l'état où elle se trouvait avant notre mémoire et les fouilles... Voyons, monsieur l'abbé, conclut-il enfin, sûr de l'effet de son dernier argument, cela ne vaudrait-il pas mieux que de déshonorer à jamais la mémoire de Camona, votre sacristain ?

L'abbé soucieux, mais convaincu, objecta :

— Et la salle du Cerro à Grenade et à Madrid, celle de votre muséum berlinois, qu'en ferez-vous pendant ce temps-là ? Laisserez-vous à ces pièces fausses leur étiquette usurpée ? Et maintiendrez-vous ainsi dans l'erreur ceux qui viendront les étudier ?

« Votre devoir comme le mien n'est-il pas d'en fermer tout de suite les portes, ou bien de dire aux visiteurs la vérité ?

— Mais ce serait tout découvrir, protestèrent les trois savants.

Et après quelques minutes de réflexion :

— Nous ferons, avança Von Kirchbach, pour nos deux musées comme pour les mémoires et les articles écrits par nous. Quand l'opinion sera préparée au doute que nous-mêmes aurons provoqué, nous mettrons à la porte de chacun un énorme « ? ».

L'abbé ne put s'empêcher de sourire, et, désarmé, vaincu :

— Soit, mes chers collègues, fit-il, puisqu'il y va de vos situations et de vos intérêts si sottement compromis par moi, je consens à accepter vos atermoiements; mais je croirais manquer à la plus élémentaire honnêteté si je conservais une heure de plus les titres, honneurs et décorations auxquels je n'eus jamais aucun droit. Je vais donc, mes chers collègues, les renvoyer à ceux qui, abusés, ont cru devoir m'en gratifier. »

L'honorable Ramon Saadro et l'illustre Von Kirschbach esquissèrent une grimace sur le sens de laquelle M. Mattéo ne se méprit pas. Ne les invitait-il pas par ces paroles à suivre son exemple, puisque pas plus que lui ils n'avaient mérité les distinctions nombreuses dont ils furent l'objet ? Et n'était-ce pas, par conséquent, s'exposer à découvrir le pot-aux-roses, surtout aux yeux vigilants des savants français ?

Il les vit si malheureux, si embarrassés l'un et l'autre, se creusant la tête à la recherche de quelque raison plausible pour le dissuader de cette action, qu'il les prévint, et, pendant le pénible silence qui suivit sa déclaration il se fit apporter de son cabinet de travail, un de ces magnifiques bristols sur lesquels étaient gravés son nom avec l'énumération pompeuse de ses nouveaux titres, et en regard de chacun il traça un énorme « ? ».

— Voilà, mes chers collègues, qui arrangera tout, comme pour les salles de nos musées. »

Les deux savants approuvèrent d'un petit sourire très jaune, mais satisfaits en somme du résultat de leur visite, ils remercièrent chaleureusement l'abbé avant de prendre congé.

A peine étaient-ils partis, que M. Mattéo prit une de ses cartes ainsi corrigées, et sans manquer aux engagements conclus, l'adressa à l'honorable M. Bourdeley, après avoir écrit au dos :

— « Monsieur et très illustre maître, il se pourrait, en effet, que l'existence de l'Art ibérique ne soit pas aussi démontrée que je l'ai cru jusqu'ici. »

A quoi le savant français répondit par ces simples mots qui désormais ne cessèrent d'intriguer et de réjouir à la fois l'excellent abbé :

— « Monsieur et très distingué confrère, je crois pouvoir vous dire, d'après mes recherches, qu'elle le sera bientôt. »

XIII

A peine de retour à Berlin, le professeur Kirschbach s'enferma dans son cabinet de travail, désireux de commencer la série des mémoires et des articles par lesquels il devait, selon sa promesse, préparer le monde savant à un changement complet d'opinion sur la fameuse question de l'Art ibérique.

Ce n'était pas chose facile, car il fallait à la fois n'éveiller aucun soupçon capable de froisser la susceptibilité des archéologues d'Espagne, et cependant en dire assez pour faire admettre la possibilité de documents apocryphes.

Dans un premier travail qu'il donna peu après aux *Archives impériales d'archéologie*, Von Kirschbach, tout en conservant son ton de profond dédain à l'égard des savants de France, fit adroitement entrevoir que certaines seulement des figurines de Ricciola contestées par eux, avaient en effet, besoin d'être passées au crible d'une critique plus sévère. Il annonçait en même temps qu'il allait entreprendre incontinent ce minutieux contrôle. Bien entendu son arrière-pensée, qu'il avait d'ailleurs eue le jour même de sa visite chez M. l'abbé Mattéo, était de s'attribuer au moment voulu, tout le mérite d'avoir remis à son vrai point la question de l'Art ibérique.

Mais encore une fois, il fallait pour atteindre ce résultat beaucoup de tact et de prudence, se montrer, dans la gradation des arguments, d'une adresse extraordinaire. C'était donc pour l'illustre doyen, besogne délicate et pénible.

Or voici que pendant qu'il s'y livrait avec ardeur, survint un événement politique d'une importance capitale, et par lequel d'une façon aussi brutale qu'imprévue se trouvèrent modifiées les relations diplomatiques de l'Espagne et de l'Allemagne.

Celle-ci ayant décidé de mettre la main sur les Carolines et ayant manœuvré en conséquence, provoqua dans la Péninsule une explosion de colère si violente que la paix de l'Europe s'en trouva soudain menacée.

Il va sans dire que les nouvelles passions soulevées de part et d'autre trouvèrent un vibrant écho dans les journaux des deux peuples. On se rappelle à quel degré d'exaspération en arrivèrent dans leurs polémiques les gazettes espagnoles. Les Allemands se servirent de la même encre.

Avec sa lucidité et sa promptitude d'esprit, le professeur Von Kirschbach comprit de suite quel parti il pouvait et devait tirer de la situation nouvelle.

Il n'hésita pas une seconde, et laissant de côté les mémoires et les articles commencés, il en publia un dans lequel il annonçait tout crûment que de ses recherches critiques sur les figurines de Ricciola il résultait que *pas une* n'était authentique, et qu'elle devait être bien certainement l'œuvre d'un faussaire. Bref, il donnait très clairement à entendre que les travaux de M. l'abbé Mattéo et de ses collègues d'Espagne sur l'Art ibérique, étaient la plus grande mystification du siècle. Suivait une tirade d'une violence inouïe contre l'ignorance des savants de la Péninsule qui n'avait d'égale que la bêtise des savants de France.

— Il faut donc, concluait-il, que l'Espagne renonce pour toujours à chercher dans le passé lointain des consolations à sa médiocrité actuelle et à son irrémédiable décadence. L'Art ibérique est un mythe indigne de retenir plus longtemps l'attention du monde savant.

Von Kirschbach ne s'était pas trompé dans ses prévisions sur la portée et les conséquences immédiates de son article. Il fut reproduit, commenté, exalté par la presse germanique tout entière, et la cravate de l'Aigle rouge vint enfin combler ses désirs.

Dans le jardin de son presbytère, M. l'abbé Mattéo cueillait les premiers chrysanthèmes en compagnie d'Esperanza dont l'habituelle tristesse s'harmonisait avec la douce mélancolie de l'automne lorsque Zarcillo, le facteur, lui remit son courrier où se trouvait la *Revue allemande*.

Son attention fut attirée par le titre même de l'article. Il s'empressa de le lire et fut littéralement assommé par cette prose.

Passé cette première impression de stupeur :

— Bah! pensa-t-il, cela est bien dans notre pauvre nature humaine, et ma naïveté serait grande si j'en ressentais un étonnement quelconque.

Puis, jetant les yeux sur sa fille adoptive qui continuait la cueillette des chrysanthèmes, mais dont ni le regard, ni la pensée ne quittaient plus l'ermitage :

— Ah! murmura-t-il, comme tous les factums qu'engendre l'imagination de Von Kirschbach et de ses collègues seraient pour moi choses négligeables, si le Seigneur que je supplie chaque jour comblait enfin les vœux de mon Esperanza!

Depuis le départ du jeune chevrier, il avait adopté à son égard une ligne de conduite dont il ne s'était pas départi : garder le silence sur Vicente ou ne lui en parler que pour faire de délicates allusions à la vie monacale qu'il menait à l'ermitage de Muria.

Malgré tout, la tristesse en laquelle il la voyait toujours plongée ne cessa de le torturer.

Espéranza, qui comprenait le profond chagrin du vieillard et en savait la cause unique, se cachait souvent pour pleurer, mais la tendresse vigilante de l'abbé ne manquait jamais de trouver sur son beau visage pâli la trace des larmes, et pour de longs jours il en perdait le sommeil et l'appétit.

Pendant près d'un an, la mélancolie des maisons en deuil plana sur le presbytère.

Comme les joues d'Espéranza, les roses du jardin se flétrirent sans que la jeune fille, qui tant les aimait et les soignait, songeât à leur donner un peu d'eau. L'herbe folle couvrit les allées, si bien que les rossignolets et les fauvettes déménagèrent pour s'en aller chanter ailleurs. Dans le cabinet de travail de l'abbé, une épaisse couche de poussière couvrit les livres les plus aimés et les araignées revêtirent de leur fine toile ses Tanagras les plus précieux.

Aussi ce fut d'un geste presque indifférent et las qu'il jeta la *Revue* sur la table de la charmille; mais voici que des feuillets tournés par le vent il s'échappa deux lettres.

Il reconnut bien vite sur l'une l'écriture du frère Carlos. Il la décacheta vivement. C'était l'habituelle missive par laquelle le saint ermite le tenait régulièrement au courant des faits et gestes de Vicente en son ermitage de Muria.

Ce grand d'Espagne, de race royale et de nom glorieux, dont les malheureuses et retentissantes amours avaient quelque temps défrayé tous les salons de la péninsule, devenu l'humble moine de Muria, avait accueilli avec bonheur le pastoureau de Ricciola.

Jamais commisération plus profonde et plus éclairée à la fois n'enveloppa âme touchée du mal d'aimer, et plus d'une fois, quand dans le regard de Vicente, perdu vers les garrigues lointaines de Gorvinetto, il voyait perler une larme, une de ces larmes amères dont ses paupières jadis furent brûlées il sentit sur son maigre visage passer le soufle ardent des vieilles folies.

Au jour le jour, d'une main délicate et sûre, il avait pansé sa blessure et appelé par ses plus chaudes oraisons l'oubli bienheureux. Tout le temps que Vicente ne consacrait pas à la prière, il l'employait à sculpter dans des troncs de hêtre ou dans le granit de la montagne des madones dont il ornait les nombreuses chapelles des entours.

Et le vieux moine qui suivait d'un œil complaisant et ravi ses doigts agiles, souriait avec une tristesse attendrie, de voir que ces madones de pierre ou de bois avaient toutes le fin profil et le doux regard de Beppina, dont maintes fois il remarqua la beauté quand elle venait en pèlerinage.

« Ah! pensait-il chaque fois, que nous sommes loin du jour où l'âme de mon jeune novice sera tout entière à Dieu ou à la fille adoptive de mon vieil ami Mattéo! »

Il n'osait appuyer sur cette pensée, non pas qu'il crût la chose impossible, mais parce qu'il croyait offenser le Seigneur en laissant naître en lui ce désir dont la réalisation eût comblé de joie le saint curé de Ricciola.

Pourtant la vie inflexible suivit son cours et la passion sa loi fatale. Une heure vint où les madones que modelait la main experte du jeune ermite évoquèrent avec une intensité moins troublante le beau visage de Beppina. Voici pourquoi :

Depuis son arrivée à l'ermitage, chaque jour, quand l'aube rosait la montagne ou que dans la douceur du crépuscule au loin s'endormait la vallée, Vicente, debout sur le roc le plus élevé avait passé des heures entières à fouiller du regard les garrigues de Gorvinetto. Et tandis qu'à ses oreilles tintait l'*Angelus*, que de ses lèvres frémissantes s'exhalait l'*Ave Maria*, une espérance invincible contre laquelle il ne luttait pas, lui venait de voir au tournant de la sente, comme jadis à la fontaine d'Orrentino, apparaître sa Beppina.

Mais les aubes suivirent les aubes, aux crépuscules succédèrent les crépuscules, sans qu'une seule fois se dressât devant lui la silhouette troublante de sa bien-aimée. Et pour mettre le comble de la peine, un beau matin il vit Pedro Manacel surgir devant lui comme un diable d'une lambrusque à la place de Beppina. Oui, Pedro Manacel lui-même, avec ses grands yeux noirs brûlés par la jalousie et auquel était venu l'idée infernale de pousser son maigre troupeau vers l'ermitage de Muria.

Bien qu'il n'y eût qu'un pauvre gramen et quelques rares bouquets de sauge, ce malandrin menait ses chèvres aux entours même de l'oratoire où Vicente avait coutume de prier et de travailler. Là, entre deux airs de pipeau, et pendant des heures entières il lui narrait tout ce que faisait Beppina à Gorvinetto. D'après ses dires, elle était bel et bien en train de l'oublier avec son cousin, le richissime Galdos, de Vanamilla, que, selon la volonté de son père et de sa mère, elle ne tarderait pas à épouser...

— Eh! Eh! ajoutait-il, le regard mauvais, elle n'en a pas l'air si fâchée que ça. »

La première fois que Manacel lui tint ce langage, Vicente entra dans la plus violente colère.

— Tu mens, misérable, tu mens, lui cria-t-il, et il fondit sur lui les poings serrés.

Le père-ermite, qui n'avait rien perdu de la scène sortit à temps de la chapelle pour les séparer, et ce lui fut une occasion de constater combien peu solide encore était la vocation cénobitique du jeune chevrier.

Mais Pedro Manacel en proie à une sorte de rage jalouse, et comme il eût voulu ne pas être seul à souffrir du mal d'aimer, s'était obstiné à revenir à Muria et à narrer par le menu au pauvre Vicente, la trahison de Beppina, de laquelle, hélas! il ne put bientôt plus douter, confirmée qu'elle lui fut par de nombreux pèlerins.

Oui — ô misère des amours humaines que l'absence flétrit comme sur la montagne le vent d'hiver flétrit les fleurs! — un peu chaque jour Beppina avait oublié son ami. De ne plus voir autour d'elle le beau visage de Vincent, de ne plus entendre sa voix caressante, de ne plus sentir ses boucles brunes frôler ses joues, de ne plus reposer ses yeux dans ses grands yeux noirs si limpides et où elle se mirait plus souvent que dans les ruisseaux, de ne plus admirer ses mains agiles sculpter l'écorce des rouvres ou les pierres de la garrigue, elle avait fini par trouver moins laids le nez camard, les cheveux plats et les prunelles toujours sanglantes de son cousin de Vanamilla.

Chaque matin, son père et sa mère lui avaient fait avec tant d'ardeur le décompte de ses écus, et tant de fois lui répétèrent combien elle serait heureuse avec lui, que la pauvrette, malgré son amour sincère, avait fini par succomber. Depuis quelques semaines, Galdos ne quittait plus la maison de José Ripas. Les accordailles étaient faites et le mariage aurait lieu bientôt.

Voilà ce que Vicente apprit non plus de Manacel, mais d'un camarade d'enfance, le jeune Pablo Ramirez, avec lequel il n'avait jamais cessé d'être ami.

La désespérance fut telle après avoir ouï cela, qu'il voulut d'abord se pendre au premier chêne rencontré. Ce fut à grand'peine que le vieil ermite parvint à l'en empêcher. Puis il avait passé de longs jours sans prier ni travailler, mangeant sur un roc qui dominait la vallée entière; il restait immobile de l'aube à la nuit, le regard perdu vers les garrigues et les toits de Gorvinetto.

Tels étaient les événements dont le frère Carlos dans sa missive, faisait part à son excellent ami, M. l'abbé Mattéo.

« Oui, ajouta-t-il, navrante a été la tristesse de votre enfant spirituel, mais les jours ont passé et il a repris goût à la prière et au travail. Depuis quelque temps je m'aperçois que les madones, dont à nouveau il se complait à modeler le visage, loin de rappeler les traits de Beppina, évoquent d'une façon de plus en plus saisissante la délicieuse beauté de votre chère Espéranza.

« Encore quelques semaines et la ressemblance sera complète. Il ne faudra pour cela, je crois, que les épousailles de la fille de Ripas avec son cousin de Vanamilla; et d'après la rumeur publique, dont Vincent se tient informé, elles se concluront avant peu.

« Quant à la vocation érémétique du jeune chevrier, inutile de vous répéter que je n'y crois plus. Or, donc, vénérable ami, mon avis est que le moment approche de frapper un grand coup pour accomplir le bonheur de ces deux enfants, et ce que j'estime aujourd'hui être la volonté de Dieu. Voulez-vous encore une preuve, bien-aimé père en J.-C., que le Seigneur touché par vos prières et vos vertus, se prépare à réaliser le plus cher de tous vos désirs?

« Je vous dirai qu'à l'heure où j'écris ces lignes, loin de méditer, comme je le lui ai prescrit, le chapitre III de Saint Jean, Vicente n'a dans l'idée que votre Espéranza, et laissez-moi vous dire aussi que ses regards ne se portent plus vers les garrigues de Gorvinetto, mais vers le presbytère de Ricciola. Oui, croyez en le vieux pécheur que je suis, Vicente est ou va être amoureux fou d'Espéranza.

« Et maintenant, pour conclure, permettez-moi de vous donner un dernier conseil. La grande fête de notre madone tombe dans trois semaines d'ici; à la tête de vos paroissiens vous monterez comme chaque année. Il serait bon, cette fois, de ne pas laisser Espéranza à la maison. A bon entendeur, salut. »

Telle fut la joie du bon curé à la lecture de cette lettre, qu'il en oublia tout de suite l'article aussi méchant que peu sincère de l'illustre professeur Von Kirschbach, et qu'il ne songea plus dès ce moment qu'à préparer le pèlerinage et la fête qui chaque année, au jour où naquit la Vierge, emporte toute la vallée grenadine vers l'ermitage de Muria.

XV

Un bonheur ne vient jamais seul », dit un proverbe, dont l'abbé vérifia l'exactitude cette fois. Tout à son allégresse, il allait repousser avec les menues paperasses de son courrier, l'autre lettre dont l'écriture ne parlait pas à sa pensée, lorsqu'il se ravisa et l'ouvrit.

Elle était de l'honorable M. Beurdeley, le doyen

Il s'approche de la dame, s'incline, se plonge dans une profonde méditation (p. 47).

des archéologues français. Comme suite et explications des mots énigmatiques envoyés naguère sur sa carte, ce savant, dont le nom faisait autorité en Europe, y rendait compte d'une visite approfondie faite par lui, incognito, aux salles du Cerro à Madrid, Grenade et Berlin. Là, empressons-nous de le dire, avec une sagacité, une érudition et une sûreté de jugement dont il était seul capable, il avait, parmi le fatras dû à la roublardise de Vincent, isolé les quelques pièces vraiment authentiques et en avait reconnu l'importance et la valeur.

— Oui, mon cher confrère, disait-il, ces figurines sont bien, je n'en doute pas aujourd'hui, des statuettes *espagnoles d'origine gréco-phénicienne;* c'est sous cette désignation-là que je les étudie dans un mémoire que je publierai sous peu et dont voici le résumé : « Contrairement à ce que j'avais cru d'abord, pour avoir été prématurées et basées sur un trop grand nombre de documents apocryphes dus sans doute à quelque faussaire émérite, les conclusions de M. l'abbé Mattéo n'en restent pas moins jusqu'à un certain point légitimes. Il n'est plus permis de douter que les milliers de figurines trouvées à Ricciola, douze sont absolument authentiques, et représentent bien la période archaïque, l'enfance d'un Art ibérique s'inspirant comme l'archaïsme des Etrusques et des Cypriotes de la Grèce et de la Phénicie, mais conservant une certaine originalité. Nul doute aussi que des manifestations plus élevées, plus sûres de cet art, ne soient révélées par les fouilles de l'avenir, et que l'existence d'un Art ibérique ne soit définitivement établie. »

Après avoir lu cela, M. l'abbé Mattéo posa ses bésicles, les referma soigneusement dans leur étui qu'il enfonça dans sa poche.

Cela fait et adressée à Dieu une ardente prière de remerciement, il ne put garder pour lui seul tant de joie. Il chercha donc du regard sa fille adoptive et se disposait à l'appeler lorsqu'il la vit sous la charmille voisine, les joues pourpres, les yeux mouillés, en train de lire la lettre du frère Carlos dont elle s'était adroitement emparée après en avoir reconnu l'écriture.

Il s'approcha d'elle à pas de loup, et lorsqu'elle eut achevé sa lecture :

— Eh bien! petite, fit-il en surgissant devant elle, es-tu contente enfin?

— Oh oui! clama joyeusement la fillette, et avec une vivacité qui fit sourire le bon curé, elle déposa un long baiser sur l'écriture de frère Carlos.

Alors, M. Mattéo chercha quelques paroles bien senties pour la gronder d'avoir été si curieuse, mais il n'en trouva pas une seule, et il ne put que l'embrasser en mêlant ses larmes aux siennes.

....

Cependant, la publication presque simultanée des deux travaux contradictoires dont les auteurs étaient également illustres, provoqua une profonde émotion dans le monde des archéologues. On ne savait auquel entendre, et les académies scientifiques d'Europe retentirent de discussions très ardentes.

Le premier, M. Von Kirsebach riposta par un long mémoire où il traitait de billevisées les conclusions de l'honorable M. Beurdeley et se moquait de sa simplesse. Quant au vénérable abbé Mattéo, il le considérait tout simplement comme un archéologue amateur auquel le premier sacristain venu pouvait donner des vessies pour des lanternes.

Mais il était écrit que dans cette affaire, l'illustre professeur Von Kirsbach n'aurait pas de chance. En effet, le jour même où ce lourd factum paraissait aux *Archives impériales*, dans les terrains vagues de l'Alcudia, à l'endroit où s'élevait l'antique Ilici, l'ancêtre de l'Elche moderne, la pioche d'un terrassier espagnol mit à jour, sous la forme d'un buste de femme, un des plus beaux monuments laissés par cet Art si discuté de l'Espagne antique.

Cette trouvaille eût passée inaperçue et la *Dame d'Elche*, que les paysans prirent pour une vieille madone, eût été reléguée dans le recoin le plus obscur d'une chapelle, si pour la plus grande confusion de l'illustre professeur Von Kirschbach et pour la plus grande gloire de l'Espagne, le hasard ou la providence, selon M. l'abbé Mattéo, n'eût voulu qu'un des plus savants élèves de l'honorable M. Beurdeley passât par là à la même heure.

Il reconnut toute l'importance de la découverte, en fit l'acquisition sans mot dire, et revint de suite à Paris en compagnie de la dame mystérieuse.

Après un examen minutieux auquel prirent part les savants les plus éminents d'Europe, la *Dame d'Elche* — elle prit désormais ce nom — fut reconnue authentique et déclarée digne d'être admise au musée du Louvre, dans la salle de l'Apadama, de Xerxès. Si éclatante fut d'ailleurs la démonstration, que les archéologues allemands eux-mêmes, M. Von Kirschbach en tête, durent s'inciner devant elle. Ce qui n'empêcha pas, empressons-nous de le dire, l'illustre doyen de parader en toute occasion avec la cravate de l'Aigle rouge. Bien mieux, il voulut assister à l'installation, dans notre grand musée national, de la *Dame d'Elche*, et y arbora fièrement ses nouveaux insignes. Il convient aussi d'ajouter, qu'entre temps, la brûlante question des Carolines était tombée dans l'oubli profond de l'Histoire.

XIV

Ce fut la veille même du jour où M. l'abbé Mattéo se préparait au grand pèlerinage de Muria qu'il apprit de la bouche de M. Ramon Saadro, le vénérable président de l'Académie de Grenade, tous ces événements mémorables.

Il n'en dormit pas de la nuit.

Sur les Tours vermeilles d'Albaïcin, la lune vagabondait encore pâle et mince comme une chatte attardée, et dans les fermes de la campagne andalouse pas un coq n'avait encore claironné, quand fatigué de se tourner et de se retourner dans son lit, l'abbé se leva et remplit de ses appels les plus sonores le presbytère endormi.

La vieille Fatime, Graciozа et Antonia, sa fille, en furent brutalement réveillées et crurent d'abord à quelque malheur. Seule, Espéranza ne maugréa pas en ne fut nullement surprise par ce branlement plutôt nocturne que matinal. Elle aussi n'avait pas fermé l'œil et il est, croyons-nous, inutile de dire pourquoi.

Une heure après, vêtu de son plus beau surplis et de son étole la plus riche, l'abbé gravissait la côte de Muria d'un pas si allègre que tous ses paroissiens venant derrière en furent abasourdis.

Malgré les instances les plus pressantes de Fatime, il avait refusé d'enfourcher Negritta, sous prétexte qu'elle n'arriverait pas jusqu'au bout, et il allait, il allait, infatigable, ses cheveux blancs soulevés par la brise, ne se retournant que pour regarder Espéranza dont les prunelles, dans cette matinée lumineuse, reflétaient la joie de vivre et d'aimer.

Quand le pèlerinage atteignit le plateau où à l'abri d'une sapinière se dressait l'antique chapelle, la montagne tout entière étincelait au soleil levant. De la profondeur des genêtières mouillées de rosée, les alouettes bondissaient, s'enlevant très haut dans le ciel limpide et laissaient tomber leurs trilles pour répondre aux cantiques des pèlerins. Partout sur le plateau fleuri, il y avait des vols de palombes à la recherche d'un ruisseau pour s'y mirer. C'était une aube radieuse et d'une pureté divine comme en choisit la Bonne Nature pour faire éclore la fleur d'amour dans l'âme de ses chers pacants.

Et ce fut, en effet, dans l'âme de deux jouvenceaux une éclosion merveilleuse dont frissonna la montagne et qui mit aux yeux du vieux prêtre et du saint ermite des larmes d'une douceur infinie.

Dès qu'Espéranza aperçut Vicente debout devant la chapelle, ayant à la main la fleur de marjolaine, qui est la fleur des fiancés, elle devint aussi blanche que la blanche bannière de la Vierge dont les plis flottaient dans le vent.

L'abbé crut un instant qu'elle défaillirait de bonheur.

A son tour, dès que Vicente eut devant lui la douce beauté d'Espéranza, encore affinée par le mal d'aimer, il sentit son cœur s'arrêter.

Un moment après, sans avoir échangé une parole, l'un près de l'autre, ils pénétrèrent dans l'église précédés par l'abbé et frère Carlos. Alors, tous les pèlerins comprirent que quelque chose de grand et de beau allait se passer.

Arrivés devant la madone, les deux jouvenceaux s'arrêtèrent, et suivant la coutume d'Andalousie, Vicente remit son bouquet de marjolaine entre les mains d'Espéranza qui les baisa et les plaça contre sa poitrine à l'endroit où son cœur battait. Puis en ayant distrait quelques-unes, elle les offrit à Vicente, qui, à son tour, y posa ses lèvres tendrement.

Enfin, tandis que le bon curé et l'ermite étaient trop émus pour trouver les oraisons de circonstance, chacun déposa ses fleurs aux pieds de la Vierge, et leurs deux âmes se mêlèrent comme l'odeur des deux bouquets.

Ainsi furent célébrées leurs fiançailles, sans qu'une fois le mot d'amour tomba de leur bouche, mais autour d'eux, dans la matinée radieuse, toutes les voix de la montagne le jetaient aux quatre vents du plateau.

EPILOGUE

Un an après, à Paris, dans la salle du Louvre qui abrite l'*Apadana* de Xerxès. Là, dans ce cadre digne d'elle, repose à son tour la *Dame d'Elche* dont les artistes et les savants ne se lassent pas d'admirer la superbe et mélancolique beauté.

Dans l'exquise étrangeté de sa tiare, dans ses boucles d'oreilles massives, dans son triple collier et dans les amulettes bizarres dont sa poitrine est ornée, les uns trouvent prétexte à évoquer le goût encore un peu lourd et rude des artistes de Babylone ou de Tyr. Dans les plis harmonieux de sa tunique, ils voient l'esthétique naissante de l'Hellade, et en rapprochant d'elle les statuettes authentiques et quelque peu grossières de Ricciola, comprennent l'évolution historique d'un Art qui honora l'Espagne antique et ne fut pas sans grandeur.

Les autres, pour qui la technique est secondaire, se laissent aller devant elle au charme qui rayonne de ses yeux tout pleins, sous les lourdes paupières d'une divine sérénité. Ils ne se fatiguent pas de contempler la douce sinuosité de ses lèvres, la délicate noblesse de ses traits.

Et par delà les temps abolis, ils envoient à leur confrère inconnu, Maître de l'antique Ibérie, qui la sculpta, le témoignage de leur profonde admiration.

Il y a aussi autour d'elle des poètes. Ils s'arrêtent séduits par le mystère de sa calme et mélancolique beauté. Et dans leur rêve ceux-ci voient se dresser la silhouette lunaire de Salammbô, sur la terrasse du palais tandis que l'ombre de Mâthô erre à travers Carthage endormie. Les autres aperçoivent la pâle Tanit qui, dans la profondeur du sanctuaire, veille sur les destins d'Amilcar.

Tous sentent au fond de leur âme l'émotion du Beau.

D'un pas discret, parmi la foule de ces visiteurs, un vieux prêtre à cheveux blancs s'est glissé. Un jeune homme et une jeune femme soutiennent ses pas chancelants.

Il s'approche de la Dame, s'incline comme devant une madone et se plonge dans une profonde contemplation.

Les heures passent. Un à un tous les visiteurs sont partis, et le vieillard regarde toujours la Dame de ses yeux noirs très vifs et très doux. Ses compagnons se sont assis derrière lui et ils attendent patiemment.

Mais voici que la cloche a sonné, et un gardien crie près de lui d'un ton très sec :

« On ferme ! »

Comme un dormeur brusquement réveillé, le vieux prêtre tressaille et se dresse. Il sort de sa poche un carnet, et sur une carte il écrit quelques mots qu'il tend au gardien. « Pour l'honorable M. Beurdeley », lui dit-il.

Et le gardien en s'inclinant peut lire ces lignes d'une écriture tremblée :

« M. l'abbé Mattéo a fait, à quatre-vingts ans, le pèlerinage de Ricciola à Paris pour contempler la *Dame d'Elche* et apporter au plus illustre savant de France le témoignage de sa profonde admiration. »

Puis soutenu par le jeune homme et la jeune femme il descend lentement l'escalier du Louvre en murmurant : « *Nunc dimittis servum tuum, Domine...* »

Et par-dessus ses cheveux blancs, Espéranza et Vicente se sourient de ce même sourire divin dont les grands Maîtres de tous les temps fleurirent les lèvres de l'Amour vainqueur et de la jeunesse triomphante.

FIN

PROCHAIN OUVRAGE A PARAITRE

GENEVIÈVE

par **DE LAMARTINE**

L'imagination est le miroir de la nature, miroir que nous portons en nous et dans lequel elle se peint. La plus belle imagination est le miroir le plus clair et le plus vrai, celui que nous ternissons le moins par le souffle de nos propres inventions, celui que nous colorons le moins par les teintes artificielles et trop souvent fausses de notre propre fantaisie, que nous appelons notre génie. Le génie ne crée pas, il retrace; Dieu s'est réservé en tout la création. Homère, la plus vaste et la plus pathétique imagination qui ait jamais décrit la nature et fait palpiter le cœur humain, n'est qu'un copiste parfait. Ces couleurs qu'il délaie avec nos larmes sur sa palette ne sont que les couleurs que nous voyons tous et les larmes que nous versons tous. Il les a mieux vues et mieux senties, voilà son génie. Les poètes, qu'on accuse d'être des assembleurs de fictions et des récitateurs de mensonges, sont les plus vrais de tous les hommes. Ils observent, ils sentent et ils écrivent : ils changent les noms de leurs personnages : voilà toute leur invention; mais, si ces personnages n'étaient pas réels dans la nature, ils ne les auraient pas conçus, et, s'ils ne les avaient pas conçus réellement dans leur imagination, ils ne les enfanteraient pas, ou ils n'enfanteraient que des monstres ou des fantômes. Tout poème est donc une vérité.

J'ai raconté, dans les Confidences, *quelle était l'aventure vraie que j'avais récitée ou chantée à demi-voix dans le poème domestique de* Jocelyn. *Les lecteurs des* Confidences *connaissent le pauvre et intéressant vicaire de village à qui j'ai donné, dans mes vers, le nom de* Jocelyn; *ils connaissent la belle et touchante enfant du château de*** à qui j'ai donné le nom de* Laurence. *Je ne me suis guère permis d'autre altération de la vérité dans ce petit drame, tableau de cheminée qu'on suspend à un clou de laiton dans sa chambre ou dans sa mansarde, et qu'on regarde par distraction quand on a envie de se rappeler sa jeunesse, de rêver, de pleurer ou de prier.*

Beaucoup d'oisifs, de jeunes hommes, de jeunes filles, m'ont écrit, de tous les coins du monde, à l'occasion de ce poème, qui a eu le seul succès qu'il pouvait avoir, un succès de cœurs malades, une gloire d'intimité, une immortalité de coin du feu, musa pedestris! *Tous ces cœurs touchés, toutes ces voix émues, toutes ces plumes tremblantes, me demandaient si ce drame était vrai, si* Jocelyn *avait vécu, si* Laurence *avait aimé et était morte ainsi, si je les avais connus, si j'avais eu en moi ou autour de moi les tristes et saintes confidences de leurs amours et de leurs malheurs; s'il fallait s'y intéresser seulement comme à des personnifications imaginaires de sentiments nés de mes rêves, ou s'il fallait véritablement pleurer et prier, sur leurs deux tombeaux, et s'y attacher comme à deux êtres qui avaient réellement vécu parmi nous, et qu'on pouvait espérer retrouver un jour aimants, aimés, heureux, dans une autre vie. O sainte naïveté des cœurs sensibles! Ils ne veulent pas perdre leur sensibilité sur une fiction, et ils ont raison. Les larmes sont trop précieuses pour qu'on les répande ainsi sur des chimères, et sans qu'une ombre réelle au moins les entende tomber et les recueille là-haut.*

(A suivre.)

Paris. — Imp. PAUL DUPONT (Cl.).

www.ingramcontent.com/pod-product-compliance
Ingram Content Group UK Ltd.
Pitfield, Milton Keynes, MK11 3LW, UK
UKHW022139170726
13837UKWH00004B/1670